# ENGELSAUGEN

Es ist ganz einfach.
Wenn wir es wollen, dann gibt es Engel.
Und wenn die es wollen,
dann haben sie auch Flügel.

Wolfgang J. Reus (1959-2006)

# ENGELSAUGEN

Gerdi M. Büttner

Bibliografische Information der Deutschen Nationalbibliothek:
Die Deutsche Nationalbibliothek verzeichnet diese Publikation
in der Deutschen Nationalbibliografie; detaillierte bibliografische Daten sind im Internet unter dnb.dnb.de abrufbar.

Umschlag/Cover: Shutterstock / Jozef Klopacka

Copyright: 2018

Herstellung und Verlag: BoD – Books on Demand, Norderstedt

ISBN: 978-3-7481-6789-1

# Kapitel 1: Jonah

Jonah schob seine Sonnenbrille nach oben in seine blonden Haare, bevor er die düstere Bar betrat. Mit schnellem Blick checkte er den Laden und ging dann zu einem der hinteren Tische, der in einer schummerigen Nische stand. Er kannte Dantes Vorliebe für düstere Orte, weshalb er nie lange nach ihm suchen musste. Er brauchte nur immer den finstersten Teil einer Location auszumachen, um seinen Freund zu finden. In dem Schuppen war so früh am Abend noch nicht viel los, zwei Männer saßen an der Theke und starrten in ihr Bier und eine Blondine mit üppigen Brüsten räkelte sich träge an der Stange. Sie musterte Jonah mit schnellem Blick, doch da er nur flüchtig zu ihr hinschaute bevor er vorüber ging, beließ sie es bei ihren kräfteschonenden Bewegungen. Die Nacht war schließlich noch lang.

„Deine Auswahl unserer Treffpunkte wird auch immer schlechter", murrte Jonah, während er sich einen Stuhl beizog um sich seinem Freund gegenüberzusetzen. „Geht dir das Geld aus? Ich greif dir gern unter die Arme, du musst es bloß sagen."

„Ich werde bei Gelegenheit darauf zurückkommen, aber momentan reicht's noch, danke"

Dantes Zähne blitzten für einen Moment auf, als ihn ein Lichtstrahl der Discokugel streifte, die sich über der Tänzerin an der Decke befand.

„Der Whisky hier ist jedenfalls fabelhaft, der beste in der ganzen Stadt. Musst du unbedingt probieren."

Er bestellte zwei Whisky bei dem Barkeeper, der auf leisen Sohlen an den Tisch getreten war. Erst als die Getränke vor ihnen standen, sprach er wieder.

„Es gibt einen neuen Auftrag für uns. Morgana hat ihn heute von der Zentrale erhalten. Sie meint es wäre besser, wenn du dich von Anfang an mit einklinkst. Später machst du es ja sowieso."

„Was ist das für ein Auftrag, den ihr ohne mich nicht schafft?"

„Wir kämen schon ohne dich zurecht. Aber wenn du hörst wer da seine dreckigen Finger im Spiel hat…"

Jonahs Gesicht verhärtete sich, aus schmalen Augen schaute er Dante an und flüsterte: „Gregory?"

Dante flüstere ebenso zurück: „Genau, Gregory Satorios, der Teufel persönlich."

„Ich bin dabei, wann geht es los?", presste Jonah zwischen zusammengepressten Zähnen hervor. „Gott, über zwanzig Jahre habe ich darauf gewartet, Satorios endlich doch noch das Handwerk zu legen. Ich dachte schon, er taucht nie wieder auf."

Dante nickte nachdenklich, bevor er an seinem Whisky nippte. Genießerisch leckte er sich über die Lippen, dann antwortete er wie zu sich selbst:

„Hab mich darüber auch schon gewundert. Zugegeben, beim letzten Mal haben wir ihm ganz schön zugesetzt, wir konnten fast seine gesamte Armee zerschlagen und du hattest ihn bereits in die Enge getrieben. Wäre nicht dieses Mädchen gewesen…"

Jonahs Gesichtszüge verhärteten sich einen Moment und er biss knirschend die Zähne aufeinander als er an diesen, lange zurückliegenden Moment dachte. Doch er äußerte sich nicht dazu.

Stattdessen sprach Dante weiter

„Nun, anscheinend hat er sich inzwischen wieder völlig erholt, wenn er auch lange gebraucht hat. Jetzt ist er auf jeden Fall wieder da. Mit neuer Armee, aber in alter Mission."

Jonah nickte grimmig. „Diesmal wird er nicht mehr entkommen. Trink aus und lass uns gehen. Ich hoffe, du hast mein Zimmer bereits gut durchgelüftet. Ich werde für die Dauer unseres Einsatzes bei dir wohnen."

„Du hast schon ewig nicht mehr bei mir gewohnt", meinte Dante und klang nicht sehr begeistert. „Das Zimmer ist in Ordnung, doch die Kleidung in deinem Schrank dürfte nicht mehr ganz der heutigen Mode entsprechen."

Jonah winkte ab. „Kleidung können wir morgen besorgen. Im Moment tun es die Sachen die ich anhabe. Also komm, lass uns aufbrechen. Wir müssen viel besprechen, aber nicht hier in dieser muffigen Bude." Er erhob sich und ging zur Bar, legte dem Keeper einen Schein auf die Theke und deutete mit einer Handbewegung an, dass er kein Wechselgeld wollte.

Dante wartete bereits an der Tür auf ihn, gemeinsam traten sie in die Nacht.

„Hast du mir einen Wagen besorgt?" Jonah schaute neugierig die Straße entlang.

„Natürlich, so wie du es wünschtest. Sonst hätte ich dich nicht hierher bestellt, sondern gleich zu mir nach

Hause. Der Wagen steht in der Tiefgarage, zwei Straßen weiter." Er reichte ihm den Schlüssel. „Ist ein Porsche."

„Oh schön, hoffentlich das neueste Modell. Soll ich dich mitnehmen.

„Nein, ich fliege, habe den Hund dabei. Wo treibt der sich nur wieder rum?"

Dante stieß einen leisen Pfiff aus und kurz darauf kam ein riesengroßer schwarzer Hund schwanzwedelnd auf sie zugelaufen. Er erkannte Jonah neben seinem Herrn und jaulte freudig auf, bevor er sich mit einem mächtigen Satz auf den Freund stürzte, den er lange nicht mehr gesehen hatte.

Obwohl Jonah eine beachtliche Größe von knapp zwei Metern hatte, reichten die mächtigen Pfoten des Hundes bis zu seinen Schultern. Seine große, warme Zunge fuhr Jonah übers Gesicht, was der mit einem Lachen quittierte.

„Na, wie es aussieht geht es dir gut, Barnabas, du siehst auf jeden Fall prächtig aus. Dann flieg mal mit Dante nach Hause, wir treffen uns dort."

Sie trennten sich und Jonah ging zügig zu der Tiefgarage, in der der Wagen abgestellt war. Er konnte sich gar nicht mehr so richtig über den Sportwagen freuen, den Dante für ihn gemietet hatte. Seine Gedanken drehten sich ausschließlich um Gregory Satorios, seinen Erzfeind. Er hatte schon seit einer Ewigkeit nichts mehr von ihm gehört.

Ihren letzten persönlichen Kampf hatten sie beide nicht unverletzt überstanden. Satorios, bereits aus unzähligen Wunden blutend, konnte sich kaum noch auf den Beinen halten. Ein Duell mit Schwertern, Mann gegen Mann, war nicht die Art, die er normalerweise bevorzugte. Er ließ lieber andere für sich kämpfen und sterben und zog nur im Hintergrund die Strippen.

Jonah hatte ihn jedoch dazu gezwungen selbst zu kämpfen und Satorios schließlich gestellt. Da es um sein nacktes Leben ging, kämpfte der Dämon dann jedoch mit aller List und es war ihm gelungen, seinen Widersacher ebenfalls schwer zu verletzen.

Letztendlich hatte Jonah Satorios jedoch mit letzter Kraft in eine Ecke gedrängt und war im Begriff gewesen, ihm sein Schwert auf die Brust zu setzen. Nur ein einziger Stoß wäre nötig gewesen um die Menschheit endlich von einem der schlimmsten Dämonen zu befreien. Doch es sollte nicht dazu kommen. Ein kleines Mädchen hatte verhindert, dass er Satorios den Todesstoß versetzen konnte.

Wo die Kleine plötzlich hergekommen war, wusste Jonah bis heute nicht zu sagen. Auf einmal stand sie neben ihm und schaute aus großen, unschuldigen Augen, die die Farbe eines türkisblauen Sees hatten, zu ihm auf. Für den Bruchteil einer Sekunde war er abgelenkt gewesen und Satorios hatte die winzige Chance genutzt, nach dem Mädchen gegriffen, es an sich gerissen und als Schutzschild benutzt, indem er es vor seine Brust hielt. Vor sein Herz, der einzigen Stelle, an der er tödlich verwundbar war.

Kriechend war er seitlich weggerobbt, das Mädchen

fest an sich gepresst. Wohl wissend, dass sein Widersacher das Kind niemals opfern würde.

Machtlos hatte Jonah mit angesehen, wie sein größter Feind sich langsam von ihm entfernte. Noch immer starrten ihn die türkisblauen Augen des Mädchens an und er konnte Angst in ihrem Blick erkennen. Kurz darauf war Satorios mit ihr verschwunden.

Ohnmächtig vor Frust und Schwäche war er schließlich selbst zu Boden gesunken. Er hatte gespürt wie seine Kraft mit seinem Blut aus seinem Körper rann. Dann war es schwarz um ihn geworden.

Irgendwann war er wieder zu sich gekommen, wie lange er bewusstlos gewesen war konnte er nicht sagen. Doch sein Körper hatte die Zeit genutzt und sich selbst geheilt. Seine Kleidung waren jedoch hinüber, durchbohrt und zerschnitten vom Schwert seines Gegners. Seine Flügel waren in Ordnung, das hatte er durch ein schnelles Ausspannen und Zusammenziehen getestet.

Falls sie Verletzungen abbekommen hatten, so waren die ebenso wie sein Körper geheilt.

Er musste so schnell als möglich verschwinden, das war ihm klar gewesen, denn menschliche Zeugen konnte er nicht gebrauchen.

Schnell hatte er sich deshalb nochmals umgesehen, dann hatte er erneut seine Flügel ausgebreitet und war in seine Heimat, den Himmel, geflogen.

# Kapitel 2: Dante und Morgana

Es wunderte Jonah nicht dass Dante und Barnabas schon vor dem Haus auf ihn warteten. Flügel waren allemal schneller als jeder Wagen.

Langsam ließ er das Auto in die Garage rollen, deren Tor Dante schon für ihn geöffnet hatte. Er parkte neben den Fahrzeugen von Dante und Morgana und stieg aus. Sein Blick schweifte kurz durch das düstere Gewölbe, dass einmal der Keller des mittelalterlichen Hauses gewesen war. Fröstelnd zog er die Schultern hoch, als Wesen des Lichts hasste er düstere, kalte Räume. Eilig zog er den Schlüssel ab und verließ die Garage. Barnabas stürzte sich sofort auf ihn, um ihn erneut zu begrüßen und Jonah ließ es lachend zu. Er liebte dieses Riesenmonster mit der Seele eines Schoßhundes und übersah großzügig die Spuren von Erde, die Barneys Riesentatzen auf seiner Jacke hinterließen. Endlich befand der Hund es sei genug, mit weit aufgerissenem Maul ließ er sich zu Boden fallen und schaute hechelnd zu Jonah auf. Es sah aus, als würde er vor Freude über den lange vermissten Besucher lachen.

Jonah blieb noch einen Moment stehen und musterte das alte Gebäude. Es war trotz der Jahrhunderte, die es auf dem Buckel hatte, noch immer bestens im Schuss. Dante hatte es im späten Mittelalter einem geldgierigen Schultheis beim Würfelspiel abgeluchst, der es sich zuvor von einer Witwe hatte überschreiben lassen. Zuvor hatte er der älteren Frau gedroht, er würde sie als Hexe anklagen und in den Kerker werfen lassen, wenn sie ihm ihr Haus nicht abtreten würde. Kurz nach der Übereignung ihres Hauses an den Schultheis hatte sich die alte Frau im Wald erhängt, da sie nicht wusste wo sie unterkommen konnte.

Dante war zu der Zeit noch ziellos umhergereist, er hatte die Frau entdeckt und ihren Leichnam begraben. Auch wenn er ein gefallener Engel war, konnte er sich noch immer mit den Seelen unterhalten. Er hatte der Frau versprochen, ihren Tod zu ahnden und dem Schultheis das Haus wieder abzunehmen. So war es geschehen dass Dante durch ein Würfelspiel zu dem Haus kam und sesshaft wurde. Der Schultheis war kurz darauf einer mysteriösen Krankheit zum Opfer gefallen.

Extra für seinen Besucher hatte Dante alle Lichter in Haus und Hof angeschaltet. Engel mochten es hell, denn im Himmel gab es keine Finsternis. Dante selbst und seine Lebensgefährtin Morgana fühlten sich inzwischen auch im Dunkeln wohl, sie hatten sich gut an das Erdenleben angepasst.

Dante begleitete Jonah zum Gästezimmer, dass er bereits vor Jahren speziell auf dessen Bedürfnisse hatte ausbauen lassen. Es war hell und freundlich eingerichtet, besaß einen großen Balkon, weiße Möbel, Teppiche und Vorhänge. Auch das Badezimmer erstrahlte in reinstem Weiß.

„Alles unverändert, wie ich es dir versprochen habe."

Mit theatralischer Geste öffnete Dante die Zimmertür und ließ seinen Gast eintreten. Er selbst blieb im Flur stehen.

„Ich habe die Putzfrau kommen lassen, damit sie das Zimmer für dich vorbereitet und durchlüftet. Ich hoffe es ist zu deiner Zufriedenheit."

Jonah schaute sich kurz um und nickte.

„Danke, alles Bestens", gab er zur Antwort und kam wieder zur Tür.

„Lass uns wieder nach unten gehen, wir haben viel zu besprechen. Morgana ist hier, vermute ich?"

„Hmm, sie wartet unten auf uns", gab Dante wortkarg zur Antwort und ging eilig auf die Treppe zu. Jonah folgte ihm und grinste in sich hinein.

Eigentlich war es Morgana und Dante per himmlischem Befehl verboten auf der Erde als Paar zusammenzuleben. Und er, Jonah, hatte unter anderem die Aufgabe darauf zu achten, dass sie diesem Befehl Folge leisteten.

Deshalb tat er immer so als wäre es für ihn eine Selbstverständlichkeit dass Morgana nicht hier wohnte, sondern ihre eigene Wohnung hatte. Dante hingegen vermied es hartnäckig zu gestehen, dass sie schon seit ewigen Zeiten hier zusammenlebten.

Jonah hingegen vergaß es jedenfalls regelmäßig und natürlich rein zufällig darüber Auskunft zu geben, wenn er zum himmlischen Rapport gebeten wurde.

Denn er gönnte seinen Freunden von ganzem Herzen ihr Liebesglück. Dante und Morgana hatten so viel verloren, als sie wegen eines dummen Fehlers aus dem Himmel verstoßen worden waren. Er konnte sie nicht auch noch ihrer Liebe berauben.

Das Treppenhaus befand sich noch im Originalzustand. Die Treppe war aus dunkel gebeiztem Holz, die rauen Wände, die in Beigetönen gestrichen waren, zierten alte Bilder in dunklen Rahmen und mit düsteren Motiven. Dazwischen hingen ein paar uralte Lampen, die jedoch wie Jonah wusste, mit modernen Leuchtkörpern bestückt waren. Unten im Wohnzimmer sorgte indirekte Beleuchtung für sanftes Licht. Es brachte die uralten Möbel besonders zur Geltung. Auf dem Tisch flackerten ein paar Kerzen. Dahinter in einem Sessel saß eine wunderschöne Frau, die Jonah strahlend anlächelte. Er ging auf sie zu und sie erhob sich und streckte ihm die Arme entgegen.

„Morgana, schön, dich wiederzusehen. Du siehst bezaubernd wie immer aus."

Er drückte die rassige rothaarige Schönheit an seine Brust und küsste sie rechts und links auf die Wangen. Seine blauen Augen ruhten voller Zuneigung auf den edlen Gesichtszügen von Dantes Gefährtin. Wie immer, wenn er sie ansah, durchzuckte ein wehmütiger Stich sein Herz. Viele Jahrtausende waren er und Dante im Himmel ein unschlagbares Freundesteam gewesen. Dann hatte Dante Morgana kennengelernt und war dem Liebreiz der jungen Engelin verfallen. Wegen ihr hatte er die himmlischen Gebote übertreten, was eine schreckliche Katastrophe ausgelöst hatte. Zur Strafe wurden die Beiden des Himmels verwiesen und dazu verdammt, tausend Jahre auf der Erde zu verbringen. Als gefallene Engel trugen sie nun schon seit mehr als sechs Jahrhunderten ihre Schuld ab, indem sie das Böse auf der Erde bekämpften.

Sechshundert Jahre waren im Himmel nicht mehr als ein Flügelschlag, aber auf der Erde eine unglaublich lange Zeit die unendlich langsam verstrich. In ihrer himmlischen Heimat gab es weder Sekunden, Tage, noch Monate oder Jahre. Es zählte nur der Augenblick. Hier, auf der Erde, ging nichts ohne Zeit, alles war eingeteilt in zeitliche Begrenzungen.

Die einzige Gnade, die das himmlische Gericht Morgana und Dante zugestanden hatte war, dass sie während ihres Erdendaseins nicht alterten, nicht krank wurden und nicht sterben konnten. Doch das war nur ein geringer Trost. Jonah hatte darum gebeten seine Freunde auf die Erde zu begleiten, das war ihm jedoch nicht erlaubt worden, da er im Himmel unentbehrlich war. So hatte er zumindest darauf bestanden als Mittelsmann zwischen seinen Freunden und dem Himmel zu fungieren, was ihm schließlich gewährt wurde. Seither kam er, sobald sie ihn riefen, um mit ihnen gemeinsam das Böse zu bekämpfen.

„Was habt ihr für mich?" wollte Jonah wissen, als sie es sich alle auf den Sesseln gemütlich gemacht hatten. Dante schenkte großzügig seinen Lieblings-Whisky in uralte Gläser und prostete Morgana und Jonah zu.

Nachdem alle getrunken hatten begann Morgana zu sprechen. Sie hatte einen dicken Ordner vor sich auf dem Tisch liegen und ihr Laptop stand bereit, denn ohne die menschlichen Hilfsmittel kamen auch gefallene Engel auf der Erde nicht aus. Um immer auf dem neuesten technischen Stand zu sein, mussten Morgana und Dante ständig dazulernen. Das fiel ihnen jedoch leicht, da sie alles in ihrem Gedächtnis speicherten was sie hörten, sahen oder lasen. Auch beherrschten sie die Bedienung aller möglichen Geräte im Nu.

Wenn Jonah sie wegen eines Falles besuchte, bei dem sie seiner Hilfe bedurften, musste er meist einen Schnellkurs im Bedienen der neuesten technischen Geräte machen. Im Himmel benötigte er derlei Gerätschaften nicht. Und da es oftmals Jahre oder gar Jahrzehnte dauerte, bis er wieder zur Erde kam, hatte sich immer vieles verändert.

Es waren ungefähr zwanzig Jahre vergangen, seit er ihnen zuletzt einen Besuch abgestattet hatte, deshalb würde es nötig werden ihn erneut über die neuesten technischen Errungenschaften der Menschheit zu informieren. Doch das hatte noch Zeit. Den neuen Fall zu besprechen, hatte erst einmal Vorrang.

Morgana nahm den Ordner vom Tisch und klappte ihn auf. Er war noch nicht sehr dick, es befanden sich erst ein paar Seiten darin. Obenauf lagen Fotos von Personen, die ganz offensichtlich nicht bemerkt hatten, dass sie fotografiert wurden. Manche Bilder waren etwas verschwommen, weil sie aus größerer Entfernung aufgenommen waren.

Morgana, die eine meisterliche Fotografin war, hatte von jeder Person mehrere Aufnahmen geschossen. Sie breitete alle vor Jonah auf dem Tisch aus.

„Das sind die Männer, deren Gesichter du dir gut merken solltest", begann sie zu erklären. „Namen dazu gibt es leider noch nicht, aber die werden wir hoffentlich bald erfahren. Dieser Kerl hier", sie tippte mit ihrem perfekt manikürten Fingernagel auf das Bild eines dunkelhaarigen Mannes mit düsterem Blick, engstehenden Augen und dichten Augenbrauen, „scheint das Sagen zu haben. Aber da er ein Mensch ist, kann er nicht allzu viel Einfluss haben. Es muss jemand geben der befiehlt was gemacht wird. Einen Dämon."

Sie blickte Jonah an und fuhr fort:

„Du kannst dir denken wie es abläuft, es ist immer dasselbe Spiel. Sie gründen eine Sekte und machen sich zuerst an diejenigen heran, die mit ihrem Leben unzufrieden sind. Sie sammeln Seelen für die Hölle. Aber ihr Ziel ist es nach und nach alle Menschen der Stadt in ihren Bann zu ziehen. Sie haben die Absicht die Politik und die Kirchen zu unterwandern, um sich langsam immer weiter vorzuarbeiten."

„Nun, das versuchen sie ja schon seit ewigen Zeiten", wandte Jonah mit einem Achselzucken ein. „Doch meist gelingt es euch auch ohne mich ihre Organisation zu zerschlagen.."

Dante winkte sorglos ab.

„Deshalb hätten wir dich auch nicht gerufen. Doch es geht das Gerücht um, dass nicht irgendein Dämon der Kopf dieser Sekte ist, sondern dein größter Feind Gregory Satorios. Nach dem Kampf mit dir vor mehr als zwanzig Jahren ist er nun überraschend wieder aufgetaucht. Hatte lange gebraucht um seine Wunden zu lecken. Vielleicht ist er bei seinem Boss Satan in Ungnade gefallen und musste in der Hölle schmoren. Doch jetzt scheint er noch einmal eine Chance bekommen zu haben, seine Fehler endlich zu bereinigen".

Morgana tippte auf ein weiteres Bild, das ebenfalls einen Mann zeigte. Er hatte ein schmales Gesicht, schüttere fahle Haare und einen verschlagenen Blick.

„Diesen netten jungen Mann mit dem Namen Paul haben wir überredet, für uns in der Gruppe zu spionieren. Er ist eine ruhelose Seele, die ihren Weg in den Himmel erst noch finden muss. Im Leben war er ein kleiner Gauner und Betrüger und starb bei dem Versuch einer alten Frau ihr Erspartes abzuluchsen. Sie hat ihn durchschaut und die Polizei eingeschaltet. Als die Beamten ihn festnehmen wollten lief er bei Rot über die Straße und wurde von einem Auto erfasst und getötet. Wir haben ihm versprochen seine Seelenwanderung zu unterstützen wenn er uns hilft. Du kennst das Spiel ja."

Jonah nickte kurz und prägte sich den Mann ein. Es gab viele dieser ruhelosen Seelen auf der Erde. Meist waren es Selbstmörder. Oder sie hatten große Schuld auf sich geladen und fanden deshalb keinen Frieden.

Die Menschen nannten diese unglücklichen Seelen Geister und fürchteten sich oft vor ihnen.

Beim Kampf der Engel gegen das Böse erwiesen sich solche Geister aber oft als wertvolle Helfer. Sie bekamen vorübergehend ihren Körper zurück und dienten meist als Informanten oder Mittler. Die Engel dankten den Seelen für diese Hilfe, indem sie ihnen einen Teil ihrer Schuld erließen und ihnen so den Weg in den Himmel ebneten.

Für Jonah war das Schicksal dieser Seele momentan jedoch unwichtig. Viel mehr interessierte ihn, dass sein Erzfeind Satorios wieder aufgetaucht war. Der unbefriedigende Ausgang ihres Kampfes nagte noch immer an ihm. Ebenso die Frage, was wohl aus dem kleinen Mädchen geworden war, dass durch sein unvermutetes Auftauchen Satorios das Leben gerettet hatte. Noch immer konnte er sich an den erschrockenen Blick aus den türkisblauen Augen erinnern. Wäre er nicht so schwer verwundet gewesen, so hätte er nachgeforscht, ob Satorios ihr etwas angetan hatte. Doch obwohl seine Heilung schnell vorangeschritten war, hatte er das Menschenkind aus den Augen verloren.

# Kapitel 3: Die Verbannung

Ihr Gespräch zog sich in die Länge und es war schon fast Morgen, als Jonah sein Zimmer betrat und sich aufs Bett fallen ließ. Er war nicht müde, denn Engel kannten weder Müdigkeit noch Schlaf. Doch wenn er auf der Erde weilte genoss er durchaus die kleinen Annehmlichkeiten, die Menschen ersonnen hatten. Das breite, gemütliche Bett gehörte ebenso dazu, wie eine warme Dusche, ein leckeres Essen oder Getränk. Und natürlich Auto fahren.

Auto fahren gefiel ihm ganz besonders gut, deshalb nahm er sich auch jedes Mal einen sportlichen Leihwagen, sobald er auf der Erde gelandet war. Obwohl er mit seinen Flügeln wesentlich schneller an jedem Ort ankam. Doch wenn er es nicht eilig hatte, so fuhr er mit dem Auto.

Für Morgana und Dante war Auto fahren längst ein Muss. Da sie inmitten der Menschen lebten, mussten sie sich ihnen in jeder Hinsicht anpassen, damit sie nicht auffielen.

Nach einer Weile stand Jonah wieder auf und ging ins Bad. Immer wenn er auf der Erde war nahm sein Körper die Eigenschaften eines menschlichen Körpers an. Er spürte Hunger und Durst und wenn er etwas gegessen oder getrunken hatte, musste er zur Toilette. Er fand das ziemlich lästig, genau wie das Zusammenpressen seiner Flügel unter der Kleidung. Nachdenklich blickte er in den Spiegel und schnitt sich selbst eine Grimasse. Eigentlich war sein

Engelsgesicht zu schön für die Welt, das hatte er schon öfter erfahren müssen. Dort wo er herkam war es selbstverständlich ein glattes, makellos schönes Gesicht zu haben. Es gab weder Krankheiten, die es entstellen konnten noch Unfälle oder gar körperliche Gewalt. Und auch keine Alterung.

Da er zu den Wächterengeln gehörte, die den Himmel gegen Eindringlinge schützten, kam es immer einmal vor, dass ihm im Kampf eine Wunde zugefügt wurde. Was im Himmel kein Problem war, da sein Ätherkörper sich sofort regenerierte. Wenn er jedoch auf der Erde kämpfte, so konnten seinem Körper schlimme Verletzungen zugefügt werden, Wunden die bluteten und schmerzten, ja er konnte sogar getötet werden. In diesen Fällen verließ seine Engelseele sofort den Körper und kehrte ins Himmelreich zurück, wo sie schnell heilen konnte. Sein verlassener Körper löste sich innerhalb kurzer Zeit auf und nichts blieb zurück.

Während er noch immer in den Spiegel starrte zog Jonah das legere Shirt über den Kopf und ließ es achtlos zu Boden fallen. Er trug nichts darunter. Wohlig dehnte er seine Schultern und entfaltete langsam seine Flügel. Es war eine Wohltat sie zu ihrer ganzen Fülle zu entfalten. Im strahlenden Weiß ragten sie über seinen Kopf und neben seinen Armen hervor.

Es dauerte immer eine Weile bis er sich wieder an die Kleidung gewöhnt hatte, wenn er zur Erde kam. In seiner Heimat brauchte er keine einengenden Stoffe, da er dort keinen Körper aus Fleisch und Blut besaß. Engel waren ätherische Geschöpfe, für niemand sichtbar außer Ihresgleichen. Sie besaßen zwar Flügel, doch fliegen mussten sie im Himmel nicht. Die Kraft ihrer Gedanken reichte aus um sie an jeden beliebigen Ort zu bringen. Nur wenn er einen menschlichen Körper annahm, benötigte er seine Schwingen. Sie brachten ihn mühelos und sehr schnell voran. Für Menschen waren sie jedoch unsichtbar.

Jonah verließ das Bad und öffnete die Balkontür. Die morgendliche Kühle störte ihn nicht, er setzte sich auf den Liegestuhl und schaute zu, wie der neue Tag langsam die Dunkelheit vertrieb.

Morgana und Dante schliefen, als gefallene Engel mussten sie sich dem menschlichen Leben anpassen. Ihr Schicksal berührte ihn noch immer, und noch immer empfand er die Strafe für ihr Vergehen als zu hart. Tausend Jahre auf der Erde leben zu müssen war so ziemlich das Schlimmste, was einem Engel passieren konnte. Nur die endgültige Verbannung war noch schlimmer.

Die Beiden meisterten ihr Erdendasein jedoch besser als er erwartet hätte. Sie hatten ihre Strafe akzeptiert und sich geschworen, dass sie nach ihrem Ablauf wieder in den Himmel zurückkehren würden.

Jonah bewunderte sie für ihre Hartnäckigkeit, er hatte schon viele auf die Erde verbannte Engel scheitern sehen. Einige nahmen sich sogar aus Verzweiflung das Leben, was ihren Seelen die Rückkehr in den Himmel auf ewig verwehrte.

Für Morgana und Dante würde es nicht so enden, da war sich Jonah sicher. Trotzdem war er immer froh wenn sie ihn anforderten, damit er sie bei einer Mission unterstützte. Dann konnte er sich persönlich versichern, dass es ihnen gut ging. Seine Gedanken schweiften ab zu jenem schicksalhaften Tag, der Morgana und Dante, aber auch ihn ins Verhängnis führte…

Alles begann wie immer. Dante und Jonah, deren himmlische Namen Durantus und Jonathas waren, traten ihren Dienst an den himmlischen Pforten an und lösten zwei andere Engel ab, deren Dienst beendet war. Die Beiden berichteten ihnen kurz von den Vorkommnissen an den Pforten, dann verabschiedeten sie sich.

Die Himmelspforten waren ein gesonderter Bereich im Universum, der besonders geschützt werden musste. Nur Engel die sich bewährt hatten waren ausersehen, diese Grenze zwischen den Universen zu schützen. Dafür mussten sie eine lange Ausbildung absolvieren und mehrere Prüfungen erfolgreich bestehen, denn Wächter konnten nur die Besten werden. Durantus und Jonathas leisteten diesen Dienst schon seit Jahrtausenden.

Wie immer zu Dienstbeginn überprüften sie sorgfältig die Grenzen der Pforten, damit sich kein

Unbefugter dort aufhielt. Doch es war alles ruhig und friedlich.

Manchmal kam es vor dass sich eine unwissende neue Seele hierher verirrte, die eigentlich auf dem Weg in den Vorhimmel war, wo sie von Engeln zu ihrem Leben befragt wurde. Dann wiesen sie ihr gerne den Weg.

Ihre vordringliche Aufgabe war es aber Kreaturen aus der Hölle daran zu hindern in den Himmel einzudringen. Sie kamen plötzlich in gewaltigen Scharen aus dem Nichts und versuchten sich mit ihren höllischen Waffen den Weg in den Himmel zu erkämpfen. Es lag an den Wächtern der Pforten sie rechtzeitig zu entdecken und die kriegerischen Heerscharen zusammenzurufen, um die Eindringlinge zu eliminieren.

Manchmal tarnten sich Satans Handlanger aber auch als Engel um sich an junge, unerfahrene Engelnovizen heranzumachen und sie zum Bösen zu bekehren. Dann sagten sich die abtrünnigen Engel vom Himmel los um dem Verführer in die Hölle zu folgen. Damit falsche Engel schon vor der Pforte enttarnt werden konnten brauchte es aufmerksame Wächter.

Während Jonathas' und Durantus' Dienst war es noch keinem Höllenwesen gelungen sich einzuschleichen.

Was auch an Durantus' Hund Barnabas lag, der ein untrügliches Gespür für Geschöpfe der Hölle besaß.

Sobald sie ein Höllenwesen enttarnten war es ihre Aufgabe es zu eliminieren. Deshalb trugen sie

Schwerter bei sich, die an Erzengel Michaels Schwert geschliffen worden waren. Schon eine leichte Berührung reichte aus und der Dämon ging in Flammen auf.

An jenem unglückseligen Tag hatte Durantus nach einer Weile beschlossen die Grenzen, gemeinsam mit Barnabas, nochmals zu überprüfen. Das war eigentlich nichts Ungewöhnliches und gehörte zu ihren Pflichten. Dennoch hatte Jonathas ein ungutes Gefühl dabei empfunden.
Er ahnte dass sein Freund etwas anderes im Sinn hatte, als die Überprüfung der Grenzen. Er kannte ihn zu gut als das er nicht gewusst hätte dass Durantus ein heimliches Stelldichein mit der schönen Morgana hatte. Leise seufzend hatte er sich umgedreht und den Horizont überprüft ob Gefahr in Verzug war.

Bis vor kurzem waren er und Durantus ein eingespieltes Team gewesen. Sie hatten stets gut zusammengearbeitet, auch als vor einiger Zeit eine Horde von Höllenwesen in Gestalt verirrter Seelen einzudringen versuchte. Barnabas konnten sie jedoch nicht überlisten, er hatte Alarm geschlagen und sie waren zu dritt der Höllenschar entgegengetreten. Gegen ihre Feuerschwerter hatten die Dämonen keine Chance gehabt, einer nach dem anderen waren sie durchbohrt worden und als brennende Fackeln zur Erde gestürzt. Kurz nach diesem Kampf war Morgana zu ihnen gekommen, sie hatte die Prüfungen der Wächterseminare mit Bravour bestanden und wurde ihnen als Verstärkung zugeteilt. Durantus war sofort Feuer und Flamme für die junge Kollegin und sie erwiderte seine Zuneigung. Da beide ihrer Arbeit weiterhin gewissenhaft nachgingen, hatte Jonathas nichts gegen ihre Verbindung.

Doch dann wurde Morgana plötzlich zu den Wachen versetzt, die den himmlischen Rat beschützten. Mit der lapidaren Begründung, sie würde dort dringender gebraucht.

Durantus mutmaßte jedoch dass einer der Räte ein Auge auf Morgana geworfen habe und sie deshalb in seiner Nähe haben wolle. Er war außer sich.

Jonathas konnte den Freund gut verstehen, Morgana war ein sehr gut aussehender Engel. Ihr rotes Haar glich einer lodernden Flamme, ihr Gesicht war selbst für einen Engel überirdisch schön. Dazu besaß sie einen wundervollen Charakter, feinsinnigen Humor und ein glockenhelles Lachen, das rein und klar erschallte. Doch das Wichtigste war, dass sie Durantus genauso liebte wie er sie.

Gegen Liebe unter den Engeln war nichts einzuwenden, schließlich befanden sie sich im Himmel. Wo, wenn nicht hier, war der perfekte Ort für Liebende. Für himmlische Wesen gab es keinerlei Einschränkungen, wenn sich zwei Liebende gefunden hatten. Es gab weder Neid noch Eifersucht und jeder Engel freute sich mit dem Paar.

So hätte es jedenfalls sein sollen. Dennoch gab es jemand der den Beiden ihr Glück nicht gönnte, weil er Morgana für sich haben wollte: Leonardo, ein hochgestellter Engel des himmlischen Rates, hatte ebenfalls Gefallen an der schönen Morgana gefunden und versuchte sie für sich zu gewinnen. Deshalb ließ er sie in seine Nähe versetzen und machte ihr fleißig den Hof. Dass sie sich nicht für ihn interessierte schien er nicht zu bemerken.

Während der Zeit ihres Wachdienstes war es den Wächtern der Pforte selbstverständlich verboten Kontakt zu ihren Liebsten aufzunehmen, ja, es war nicht einmal erlaubt an sie zu denken. Während der Wache mussten sie ihre ganze Kraft der Verteidigung der Pforten widmen. Denn der kleinste Fehler konnte zu nicht wieder gutzumachenden Schäden führen.

Jonahs Gedanken kehrten zu jenem schicksalhaften Tag zurück. Wider besseren Wissens hatte er gehofft Durantus würde schnell von der Patrouille der Grenze zurück sein. Schließlich waren sie seit Jahrtausenden ein eingespieltes Team und vertrauten einander.

Aufmerksam hatte er seinen scharfen Blick durch die Unendlichkeit des Universums schweifen lassen und verharrte auf einem winzigen dunklen Punkt. Sofort signalisierten ihm seine scharfen Sinne Gefahr.

Der dunkle Punkt war schnell größer geworden, denn er kam in rasender Geschwindigkeit näher. Schon konnte er die ersten Kreaturen erkennen, deren Äußeres ihm schnell klarmachte dass es keine Seelen waren, die in den Himmel wollten. Was da auf die

Pforten zukam war eine Invasion von Dämonen und sonstiger Höllenwesen, wie er sie schon seit ewigen Zeiten nicht mehr erlebt hatte. Schnell hatte er sein Schwert gezogen und sich ihnen entgegengestellt.

Es war ihm noch gelungen per Telepathie die himmlischen Heerscharen herbeizurufen und hatte darauf gehofft, dass auch Durantus und Barnabas ihm sofort zu Hilfe eilten. Dann hatte er sich mutig der Meute entgegengestellt und sein Schwert geschwungen um damit so viele Eindringlinge wie möglich zu eliminieren.

Durch kraftvolle Streiche war es ihm gelungen einen um den anderen Dämon niederzumähen. Schon eine leichte Berührung mit seinem magischen Schwert reichte aus die teuflischen Wesen in Flammen aufgehen zu lassen. Mit einem grässlichen Geräusch verglühten sie in einer Feuersäule.

Doch so viele er auch besiegen konnte, es war ihm nicht gelungen den Ansturm der Nachfolgenden zu stoppen. Es mussten Hunderte sein, die ihn überrannten und niederwalzten.

Die teuflische Meute hatte schließlich die Pforten durchbrochen und verschwand dahinter so schnell, wie sie sich genähert hatte. Jonathas blieb nur ihnen hinterher zu starren, dann handelte er erneut. Telepathisch warnte er alle himmlischen Wesen die sich hinter den Pforten in Sicherheit wähnten. Nochmals hielt er nach Durantus Ausschau, bevor er durch die Pforten stürmte um gemeinsam mit den Soldaten das Unheil aufzuhalten, dass sich dort anbahnte.

Sein Ziel war die Akademie, wo hunderte junger Engel ihre Ausbildung erhielten. Dorthin war die höllische Meute verschwunden. Er traf mit den Soldaten zusammen und gemeinsam stürmten sie die Akademie um zu verhindern, was noch zu verhindern war. Es gelang ihnen die meisten der Novizen zu retten, doch für einige kam jede Hilfe zu spät. Sie waren von den Dämonen überwältigt und in die Hölle verschleppt worden. Was den jungen Engeln dort bevorstand konnte Jonathas nur erahnen, denn bisher war kein verschleppter Engel jemals wieder in den Himmel zurückgekehrt. Vermutlich wurden sie solange gepeinigt, bis sie dem Himmel abschworen und fortan als Teufel existierten. Oder, wenn sie der Folter widerstanden, wurden sie getötet, was Jonathas als das bessere Schicksal empfand.

Gemeinsam mit den Soldaten versuchte er die verstörten zurückgebliebenen Novizen zu beruhigen, was ihnen schließlich einigermaßen gelang. Nachdem höhergestellte Engel und aufgestiegene Meister eintrafen, um sich der jungen Engel anzunehmen, zog sich Jonathas zurück. Er musste darüber nachdenken, wie dieses Unglück hatte geschehen können.

Und er musste Durantus finden, denn der Freund hatte sich zumindest einen Teil der Schuld am Tod und Verderben der Novizen aufgeladen, indem er nicht auf seinem Posten gewesen war. Gemeinsam hätten sie vielleicht die Höllenhorde so lange in Schach halten können, bis ihnen die Soldaten zu Hilfe geeilt waren.

Es war ein schweres Los den Freund aufzuspüren um ihn dem himmlischen Gericht zu überantworten. Doch er hatte keine Wahl. So machte er sich auf den Weg Durantus zu suchen.

Er fand ihn an seinem Lieblingsplatz, einem Felsen inmitten einer wogenden Wiese. Durantus saß im Gras, mit dem Rücken an den Felsen gelehnt, und starrte in die Ferne. Barnabas lag neben ihm, den Kopf auf die Pfoten gelegt starrte er seinen Herrn an und fiepte leise. Als er Jonah spürte hob er den Kopf und bellte kurz.

Durantus schaute nicht auf, er wusste auch so wer gekommen war. Seine Hand umfasste ein Büschel Gras, zuckte kurz, als wolle er es ausreißen, ließ es dann aber wieder los.

„Was wird meine Strafe sein?" fragte er ohne Worte.

„Ich weiß es nicht", antwortete Jonah ebenso wortlos. Im Himmel brauchte es keine lauten Worte, man verständigte sich telepathisch.

„Ich muss dich zum Gericht begleiten, dort wird dir der Prozess gemacht. Dir und Morgana…"

„Sie hat nichts damit zu tun" antwortete Durantus schnell und sprang auf. Die grüne Wiese mit dem Fels und dem wogenden Gras verschwand wie von Zauberhand und zurück blieb ein nebliges Wolkenfeld. Barnabas erhob sich und stakte durch den Nebel davon.

Jonas erwiderte nichts, es lag nicht in seiner Kompetenz die Behauptung seines Freundes anzuzweifeln. Er musste ihn nur zum Gericht bringen und das würde er tun.

Mit einer Handbewegung bat er Durantus mit ihm zu kommen. Gemeinsam erhoben sie sich in die Luft und waren im nächsten Augenblick im Gerichtssaal. Dort wurden sie schon von einem Gremium erwartet. Durantus genügte ein Blick in die Gesichter der Engel und Meister um zu erkennen, wie erst seine Lage war. In ihrer Mitte stand ein riesenhafter Engel mit hellblondem Haar und einem Flammenschwert in der Hand. Sein wallender blauer Umhang über dem weißgoldenen Gewand schien zu fließen, als er sich den Neuankömmlingen zuwandte.

Voller Ehrfurcht gingen Jonah und Durantus vor Erzengel Michael in die Knie und beugten die Köpfe. „Erhebt euch", hörten sie die sonore Stimme des höchsten Erzengels und sie befolgten seine Worte. Er schaute ihnen beiden prüfend ins Gesicht und wandte sich dann an Durantus.

„Was hast du zu deiner Verteidigung vorzubringen, Wächterengel Durantus?"

Der hielt dem durchdringenden Blick aus den leuchtend blauen Augen stand.

„Nichts, hoher Engel", gab er zur Antwort und straffte seine Schultern. „Außer dass ich zutiefst bereue was ich durch meine Abwesenheit verursacht habe. Wenn es in meiner Macht läge würde ich es rückgängig machen. Ich bekenne mich in allen Anklagepunkten schuldig und nehme jede Strafe an, die Ihr für angemessen haltet. Aber verurteilt

Morgana nicht, sie hat nichts getan, es war meine Schuld…"

„Deine Reue ehrt dich und ich weiß du meinst es ehrlich, das will ich dir zugute schreiben. Doch wird hier und jetzt über dich gerichtet, nicht über Morgana. Sie hat ihre Schuld ebenfalls bekannt und das Urteil angenommen."

„Aber…", wagte Durantus einzuwenden, doch ein Blick aus Erzengel Michaels Augen ließ ihn verstummen. Ergeben senkte er den Kopf und hörte das Urteil an.

# Kapitel 4: Sturz aus dem Himmel

Jonah starrte ohne zu blinzeln in die gleisenden Strahlen der aufgehenden Sonne. Er meinte das Urteil, das Erzengel Michael ausgesprochen hatte, noch immer in seinem Kopf zu hören.

Tausend Jahre auf der Erde leben zu müssen war eine der schlimmsten Strafen für einen Engel. Im Himmel gab es selbstverständlich keine Todesstrafe, doch Jonah wusste die hätte Dante vorgezogen. Aber er hatte die Strafe klaglos angenommen.

Jonah selbst war in der Verhandlung gar nicht zu Wort gekommen. Was hätte er auch anführen können um den Freund zu entlasten?

Nach der Verkündung des Urteils ließ man Dante und auch Morgana nicht viel Zeit, sie mussten den Himmel sofort verlassen. Das Einzige was Jonah für sie tun konnte war sie zur Erde zu begleiten, um ihnen zur Seite zu stehen bis sie sich in ihrem neuen Leben einigermaßen zurechtgefunden hatten. Erzengel Michael hatte ihm persönlich die Erlaubnis dazu erteilt.

Alle Pfortenwächter waren von Erzengel Michael persönlich rekrutiert und ausgebildet worden. Deshalb wusste Jonah dass es dem Erzengel nicht leichtgefallen war, Dante und Morgana für tausend Jahre aus dem Himmel zu verbannen. Wohl aus diesem Grund hatte er Jonah gleich nach der Urteilsverkündung zu sich gerufen und ihn angewiesen, die verstoßenen Engel zu begleiten und ihnen zur Seite zu stehen, wann immer sie seine Hilfe benötigten.

„Mein Urteil wäre nicht so hart ausgefallen", hatte er zu Jonah gesagt. „Denn ich weiß dass die Beiden nicht für das Desaster verantwortlich sind, das geschehen ist. Natürlich hätte Durantus seinen Posten nicht verlassen dürfen, doch ich denke dass der Überfall nicht viel anders ausgegangen wäre hätte er an deiner Seite gegen die Höllenbrut gekämpft. Es waren einfach zu viele Teufelswesen und sie waren sehr schnell da.

Einen Teil der Schuld trage auch ich, denn ich hätte wissen müssen dass irgendwann ein neuer großer Angriff erfolgt. Fortan werden die Wachen an den Pforten verstärkt werden und die Heerscharen der Soldaten werden näher an den Pforten stationiert."

„Warum habt Ihr dann diese grausame Strafe über die Beiden verhängt? Tausend Jahre auf der Erde sind eine enorm lange Zeit für himmlische Wesen."

Erzengel Michael nickte bekümmert bevor er antwortete: „Leider hat der himmlische Rat nicht auf mich gehört und auf dieser Strafe bestanden. Leonardo ist es gelungen alle Räte auf seine Seite ziehen, da fiel meine Stimme nicht ins Gewicht. Es sollte angeblich ein Exempel sein um alle anderen Wächter zu warnen, auch nur für kurze Zeit ihren Platz zu verlassen. Besonders wenn es aus solch einem Grund geschieht. Du weißt was man Durantus und Morgana vorwarf?"

Jonah nickte unbehaglich. „Nun, Liebesbeziehungen sind im Himmel nichts Ungewöhnliches. Und normalerweise wird jedes Paar gefeiert, dass in Liebe zueinander findet. Jeder freut sich mit ihnen."

„Ja, aber während den Wachzeiten ist es den Wächtern der Tore strengstens untersagt, mit dem oder der Liebsten in Kontakt zu treten. Es ist oberste Pflicht wachsam zu sein und ständig den Horizont abzusuchen, um immer in der Lage zu sein, den Himmel gegen Eindringlinge zu verteidigen. Das ist das Erste, was jeder Anwärter auf einen Wächterposten lernt."

„Dann bin ich ebenso schuldig wie Morgana und Durantus, denn ich habe von ihrem Treffen gewusst und nichts dagegen unternommen", gestand Jonah und schaute dem Erzengel fest in die Augen. „Also sollte ich ebenso wie sie verurteilt werden."

Er sank vor Michael in die Knie und senkte den Kopf. „Verbannt mich ebenfalls zu tausend Jahren Erde, ich habe es nicht anders verdient."

Er spürte die Hand des Erzengels an seiner Schulter und hob den Kopf um ihm ins Gesicht zu sehen. Michaels strahlend blaue Augen musterten ihn traurig.

„Nein", sagte er leise.

„Du wirst nicht zur Erde verbannt, denn deine Strafe ist es die Beiden tausend Jahre leiden zu sehen, ohne etwas dagegen tun zu können. So hat es der Rat beschlossen. Doch da ich dich ebenso schätze wie Morgana und Durantus, gewähre ich euch die Gnade, dass du ihnen jederzeit zu Hilfe eilen kannst, wenn sie deiner Hilfe bedürfen. Das heißt du wirst zur Erde hinabfahren und einen menschlichen Körper annehmen, sobald sie nach dir rufen. Du wirst ihnen beistehen, solange sie deine Hilfe benötigen."

Die Stadt erwachte langsam zum Leben und Jonahs Gedanken kehrten in die Gegenwart zurück. Er seufzte leise auf. Wie oft war er in den sechs Jahrhunderten zur Erde gekommen war? Er hatte es nicht gezählt, doch mit großer Erleichterung hatte er festgestellt, dass Dante und Morgana sich schnell dem Erdenleben angepasst hatten und inzwischen sogar dem Menschsein einige gute Seiten abgewannen.

Als sie zur Erde stürzten waren große Veränderungen mit ihnen vorgegangen. Sie verloren ihren ätherischen Leib und bekamen dafür einen festen menschlichen Körper. Wie alle verstoßenen Engel bekamen sie ein dunkles Aussehen, denn im Himmel gab es keine dunklen Farben. Alles war licht und hell, auch seine Bewohner.

In Dantes Fall wurden seine einst lichtbraunen Haare schwarz, sein Teint sonnengebräunt. Aus Morganas rötlichblonden Locken war eine feuerrote, ungebändigte Lockenmähne geworden. Ihr Teint blieb jedoch sehr hell und fast durchscheinend.

Und sogar Barnabas' im Himmel elfenbeinfarbenes Fell war dunkel geworden, er war vom himmlischen Wächterhund zu einem riesigen, doggenartigen Hund mutiert. Sein Job war jedoch der gleiche geblieben, gemeinsam mit seinem Herrn bekämpfte er das Böse.

Jonah lächelte wehmütig als er daran dachte wie Barnabas sich aus der Hand eines Engels, der ihn zurückhalten wollte, losgerissen hatte um sich todesmutig in die Tiefe zu stürzen, seinem geliebten Herrn folgend. Seither blieb er wie ein Schatten an Dantes Seite und war ihm und Morgana eine große Hilfe.

Jonah selbst hatte sich ebenfalls in die Tiefe gestürzt, hatte seine Freunde überholt, die kopfunter der Erde zugerast waren. Unten hatte er sie dann aufgefangen und ihnen so den schmerzhaften Aufprall erspart, den verstoßene Engel normalerweise erlitten. Denn auf dem Weg nach unten wandelte sich der Engelskörper bereits in einen menschlichen um und der Schmerz beim Aufprall auf den Erdboden gehörte zur Strafe dazu.

Jonah hatte sie aufgefangen, zuerst Dante, der am schwersten war, danach Barnabas und zum Schluss den zierlichen Körper Morganas. Alle drei hatten verzweifelt nach Atem gerungen. Als Engel mussten sie nicht atmen und der rasende Fall hatte es nicht zugelassen, dass sie ihre Lungen mit Atem füllten.

Erst nach einer ganzen Weile waren sie fähig gewesen normal zu atmen und ihre menschlichen Körper zu bewegen. Jonah war bei ihnen geblieben bis sie sich an ihr neues Dasein gewöhnt hatten. Er hatte ihren Schlaf bewacht, ihnen geholfen Nahrung und eine erste primitive Unterkunft zu finden und ihnen die menschliche Sprache beigebracht. Erst als er sicher war dass sie sich alleine durchschlagen konnten hatte er sie verlassen. Jedoch mit dem

Versprechen ihnen jederzeit zur Seite zu stehen, sollten sie seiner Hilfe bedürfen.

In sechseinhalb Jahrhunderten waren Morgana und Dante zu perfekten Menschen geworden, in ihren Gehirnen hatten sie alle Änderungen gespeichert, die der Lauf der Zeit mit sich gebracht hatte. In ihren menschlichen Körpern steckten noch immer ihre unverwundbaren Engelsseelen und bewahrten sie ebenso sicher vor Entlarvung durch Menschen wie vor irdischen Krankheiten und Tod.

Gemeinsam mit ihm hatten Morgana und Dante schon so viele Dämonen und Höllenwesen entlarvt und eliminiert, dass Jonah mutmaßte sie wurden deshalb nicht begnadigt.

Andere verstoßene Engel durften oftmals schon nach der Hälfte der Zeit, zu der sie verurteilt worden waren, in den Himmel zurückkehren.

Wie oft hatte er schon vor dem Rat für sie gesprochen um eine Begnadigung zu erwirken, bisher leider ohne Erfolg. Selbst die Fürsprache von Erzengel Michael war wirkungslos geblieben, was ganz ungewöhnlich war.

Wieso der himmlische Rat ausgerechnet bei Dante und Morgana so unnachgiebig war, blieb sein Geheimnis. Doch Jonah wollte nicht eher ruhen, bis er es gelüftet hatte. Leider gestaltete sich das nicht einfach, denn der himmlische Rat bestand aus hundert sehr hochgestellten Engeln, die alle ohne Fehl und Tadel waren. Oder es zumindest sein sollten, doch inzwischen war es schon zu mehreren Urteilen des Rates gekommen, die ungewöhnlich ausfielen. Weshalb Erzengel Michael einige seiner Wächter beauftragt hatte sich die Mitglieder des himmlischen Rates einmal genauer anzusehen. Auch Jonah war zum Ermittler ernannt worden.

Doch dann hatten ihn Dante und Morgana um Hilfe gebeten und er war zur Erde geeilt. Seine Ermittlungen gegen die Räte mussten erst einmal warten.

Im Zimmer unter dem seinen rumorte es, seine Freunde waren erwacht. Er erhob sich und ging ins Zimmer zurück um sich anzuziehen. Ein kurzer Blick in den Kleiderschrank sagte ihm dass Dante Recht hatte, er brauchte dringend neue Kleidung. Die er von seinem letzten Dasein im Schrank hängen hatte waren hoffnungslos veraltet.

Seit er vor ungefähr zwanzig Jahren zuletzt hier war hatte sich wieder mal vieles verändert. Besonders die Mode.

Vielleicht würde er sich einfach von Dante noch ein paar weitere Kleidungsstücke ausleihen. Der kaufte sich stets die modischsten Sachen und sein Schrank war voll davon. Bei der Kurzlebigkeit der Mode und der kurzen Zeit, die er als Mensch hier verbringen würde, rentierte es sich kaum, sich neu einzukleiden.

Kurze Zeit später saßen sie zu dritt am Tisch um zu frühstücken. Aus der Küche drang ein blechernes Scheppern, Barnabas verzehrte ebenfalls sein Frühstück und schlabberte danach geräuschvoll Wasser.

Dann kam er ins Zimmer getrottet um sich nah an den Tisch zu setzen. Seine dunklen Augen verfolgten jeden einzelnen Bissen, der verzehrt wurde.

„Ein anständiger Hund bettelt nicht, Barney" mahnte Dante mit strengem Blick, doch dann steckte er ihm lächelnd eine Scheibe Wurst zu, die der Hund mit einem Happs verschluckte.

„Vermutlich ist Barney der Einzige von uns der es bedauern wird, wenn wir wieder nach Hause dürfen", meinte Morgana an Jonah gewandt. „Vor allem das Hundefutter wird ihm fehlen. Und die Wurst."

Jonah kaute auf seinem Brötchen, das er mit Butter und Marmelade beschmiert hatte. Er schaute zu Dante hin, der sich die Wurstscheiben mit Barney teilte. „Du wirst die Wurst vermutlich auch vermissen, oder?"

„Ach ich weiß nicht, darüber mach ich mir jetzt noch keine Gedanken. Aber sie schmeckt mir, leider. Und wenn ich schon als Mensch leben muss, so ist es mir hoffentlich verziehen, wenn ich ein menschliches Laster habe."

„Der Verzehr von Fleisch und Wurst wird zur Zeit auf der Erde ziemlich kontrovers behandelt", klärte Morgana Jonah auf. „Immer mehr Menschen verzichten darauf, weil sie es ablehnen Tiere zu töten um sie zu essen."

„Aber das Leben auf der Erde besteht nun mal zum größten Teil aus fressen und gefressen werden. Die ganze Natur lebt nach diesem Prinzip. So wurde es von unserem Schöpfer eingerichtet."

Jonah sah sie verwundert an.

„Nun, dass man Nutztiere in Massen züchtet und kaum mehr auf ihre Bedürfnisse achtet ist bestimmt nicht in seinem Sinn." konterte Morgana. „Doch das zu ändern liegt nicht in unserer Zuständigkeit. Darum müssen sich die Engel der Tiere kümmern."

Sie kamen wieder auf ihr ursprüngliches Thema zurück und Jonah sagte. „Ich würde mir zuerst gern diese Sekte ansehen. In welcher Stadt treiben sie denn ihr Unwesen?"

„Sie haben sich mitten in Berlin angesiedelt, ganz in der Nähe der Leute, auf die sie es am meisten abgesehen haben. Politiker, Wirtschaftsbosse und natürlich die Kirchen mit ihren Anhängern. Sie fangen bei den Bürgern an und unterwandern langsam die Institutionen. Du kennst das ja."

„Berlin", sinnierte Jonah. „Ist das zu weit für eine Fahrt mit dem Auto?"

„Viel zu weit" bestätigte ihm Dante mit bedauerndem Grinsen, da er an Jonahs Faible fürs Autofahren dachte. „Du wirst leider auf deinen Wagen verzichten und deine Flügel bemühen müssen."

## Kapitel 5: Die Sekte

Da Jonah zwar der schnellere Flieger war, aber den Weg nicht kannte, überließ er es gerne seinen Freunden vorauszufliegen. Mit eher gemächlichen Flügelschlägen ließ er sich treiben und betrachtete dabei die Landschaft, die träge unter ihm vorbei zog.

Er liebte das Gefühl des Fliegens, das schwerelose Gleiten und wie seine Schwingen den Wind teilten. Es war ganz anders als das Fliegen im Himmel, das durch reine Gedankenkraft funktionierte und ohne Flügelbewegungen.

Vor ihm zogen Morgana und Dante mit gleichmäßigen Schlägen ihre Bahn. Natürlich war auch Barnabas dabei, der mal hierhin und mal dahin flog und manchmal sogar in steilem Flug nach unten stürzte, um sich irgendetwas anzusehen, das ihn interessierte. Um dann kraftvoll wieder aufzusteigen, damit er nicht den Anschluss zu seinen Engeln verlor. Jonah konnte sich an den geschmeidigen Flügelschlägen des Hundes nicht sattsehen, sein schlanker aber muskulöser Körper und der mächtige Kopf erinnerten ihn an einen geflügelten Löwen.

Tierengel wie Barnabas gab es nicht allzu viele im Himmel der Engel. Meist waren es Raubtiere wie Löwen, Tiger und Wölfe, aber auch einige Hunde. Sie fungierten als Wächter und waren schon vor tausenden Jahren auserwählt worden, um gemeinsam mit den Engeln den Himmel zu schützen.

Jonah mutmaßte dass Barnabas sein Erdenleben mehr

genoss als seine Freunde, er schien seine himmlische Heimat nicht zu vermissen. Trotzdem würde er sie in ferner Zukunft genauso selbstverständlich wieder dorthin zurück begleiten, wie er ihnen hierher gefolgt war.

Dante drehte ihm den Kopf zu um ihm Bescheid zu geben, dass sie gleich am Ziel waren. Er deutete nach unten, wo sich die Stadt ausbreitete.

„Dort hinten ist ein kleiner Park, dort können wir ungesehen landen. Er ist nicht weit von unserem Ziel entfernt, höchstens zehn Minuten zu laufen."

Solange sie flogen konnten sie von Menschen nicht gesehen werden, das änderte sich jedoch sobald ihre Füße den Boden berührten. Damit sie nicht urplötzlich vor Menschen standen und diese vielleicht zu Tode erschreckten, suchten sie sich versteckte Orte zum Landen aus, so wie die kleine Baumgruppe in dem Park.

Es war jedoch weit und breit kein Mensch zu sehen und sie landeten sanft zwischen den Bäumen. Sofort holten sie ihre Jacken aus den Beuteln, die an ihren Gürteln befestigt waren und zogen sie über. Jacken oder zumindest Westen waren ein wichtiges Utensil wenn sie flogen, denn sie verdeckten die langen Schlitze im Rückteil ihrer Oberbekleidung durch die ihre Flügel ragten vor neugierigen Menschenaugen. Morgana hatte im Lauf der Jahrhunderte äußerstes Geschick im Nähen von flugtauglichen Hemden, Shirts oder Blusen entwickelt und auch für Jonah einige angefertigt. Jetzt blickte sie ihn prüfend an ob er seine Flügel unter der Jacke auch korrekt zusammengefaltet hatte, damit sie keine Beulen bildeten. Er bestand die Prüfung und sie machten sich gemeinsam auf den Weg.

Barnabas ließen sie im Park zurück, wo er auf Eichhörnchen- oder Mäusesuche ging. Er liebte es die kleinen Tiere zu jagen, ließ sie jedoch wieder laufen sobald er sie gestellt hatte.

Trotz seines Jagdeifers war er jederzeit abrufbereit falls Dante nach ihm rufen würde, denn er war stets telepathisch mit ihm verbunden.

Inzwischen waren Morgana, Dante und Jonah an der alten Kirche angelangt, die sich die Sekte zum Hauptquartier ausgesucht hatte. Doch nur alteingesessene Einwohner wussten vielleicht noch dass das Gebäude einmal eine Kirche war, denn inzwischen deutete nichts mehr darauf hin.

„Seltsam, dass Dämonen sich so gerne in alten Kirchen aufhalten", meinte Jonah, nachdem er das Gebäude in Augenschein genommen hatte.

„Vielleicht eine unbewusste Sehnsucht nach dem, was sie für immer verloren haben", mutmaßte Morgana.

„Oder das erhebende Gefühl ungehindert dort Satan zu preisen, wo einst die Gläubigen zu Gott gebetet haben. Geheiligter Raum, der nun dem Bösen dient"

Es war Dante, der das einwarf. Jetzt reckte er sich und sein Gesicht nahm einen entschlossenen Ausdruck an. „Dann wollen wir den Leuten mal auf den Zahn fühlen. In einer Stunde geht das Meeting los, doch es sind sicher schon einige da, gesellen wir uns einfach mal dazu."

An der alten Holztür des Gebäudes war ein Plakat angeheftet, dass auf das bevorstehende Meeting hinwies und zur kostenlosen Teilnahme einlud. Der Text war reißerisch und wollte besonders Menschen ansprechen, die mit ihrer Lebenssituation unzufrieden waren.

„Zuerst lassen sie die Leute erzählen und tun so, als ob sie deren Probleme erst nehmen. Doch schon bald beginnt die Gehirnwäsche. Und sie hören nicht eher auf, bis sie alles unterwandert haben" sagte Dante düster.

Doch Morgana meinte fröhlich: „Aber das wird ihnen auch diesmal nicht gelingen. Dafür sind wir ja hier. Also kommt, lasst uns die Höhle des Löwen betreten."

„Löwen leben nicht in Höhlen" brummte Dante, drückte aber den Türgriff herunter und ließ seine Freunde zuerst eintreten. Nachdem er die Tür hinter sich geschlossen hatte, wurden sie erst einmal von Düsternis umfangen. Es roch leicht modrig in dem alten Gebäude, das vermutlich mehrere Jahrzehnte leer gestanden hatte.

Die neuen Besitzer hatten nur die wenigen Umbauten vorgenommen, ohne die sie sonst keine Versammlungen abhalten durften. So waren alle elektrischen Anschlüsse erneuert worden und in einer Nische

Toiletten eingebaut worden. Daneben gab es einen Aufenthaltsraum mit einer kleinen Küche und einem Getränkeautomat.

Der ehemals große Kirchenraum war mit eingezogenen Abtrennwänden aus Sperrholz in mehrere kleine Räume unterteilt worden. Darüber wölbte sich die alte Kirchendecke. Sie war vom Alter dunkel verfärbt, so dass nur ein scharfes Auge die einstmals kunstvoll gestalteten religiösen Bilder erkennen konnte. In einem der abgeteilten Räume brannte Licht und Stimmengemurmel drang durch die offene Tür in den Flur. Dort würde das heutige Meeting vermutlich stattfinden.

„Auf in den Kampf", murmelte Dante und ging als erster in den Raum. Morgana folgte ihm etwas später, setzte sich aber auf einen der Stühle am Rand, während Dante einen Stuhl in der Mitte ansteuerte. Sie hatten abgesprochen sich als Einzelpersonen auszugeben, deshalb blieb Jonah im Gang vor einer Tafel stehen, an der mehrere Plakate hingen. Er tat, als würde er sie lesen, doch eigentlich lauschte er dem Gespräch von zwei Männern, die sich etwas entfernt von ihm unterhielten. Seinen feinen Ohren entging keines ihrer Worte.

Die Männer gehörten zu der Sekte und einer schien sogar ein Anführer zu sein. Von ihm drang eine äußerst negative Ausstrahlung zu Jonah.

Ein Dämon, erkannte er, und machte einen Schritt zur Seite so dass er den Mann ansehen konnte.

Tatsächlich blickte er in die Fratze eines Dämons, obwohl der Mann ein menschliches Gesicht hatte. Als Engel konnte er jedoch beide Gesichter erkennen. Der Dämon schaute ebenfalls zu ihm her, wandte sich aber gleich wieder seinem Gesprächspartner zu. Wenn überhaupt, so konnten nur mächtige Dämonen einen Engel erkennen, doch der hier war nur von niederem Rang. Es bestand also für sie keine Gefahr der Entlarvung. Die Beiden unterhielten sich über das bevorstehende Meeting und wie sie vorgehen wollten die Anwesenden zu beschwatzen der Sekte beizutreten. Jonah hatte genug gehört und begab sich ebenfalls in den Meeting-Raum. Um einen guten Überblick zu haben, wählte er einen der hinteren Plätze. Hier konnte er ungestört alles überblicken.

Sein Blick wanderte durch den kargen Raum und in die Höhe zu den Bildern an der Decke. Sie waren kaum noch sichtbar unter dem Schmutz, der sie überlagerte, die Farben längst verblasst. Trotzdem konnte er noch erkennen dass die Malerei den Himmel darstellte, so wie ihn sich die Menschen gerne vorstellten. Er lächelte über die nackten pausbäckigen Engel, die in goldene Trompeten bliesen oder geschwungene Schriftrollen in die Höhe hielten. So süß sie auch ausschauten, doch kleine Engelchen gab es im Himmel nicht, dort waren die jungen Engel von den alteingesessenen nur durch ihre Aura zu unterscheiden.

Eine leichte Bewegung lenkte seine Aufmerksamkeit auf die dunkle Wand und er schärfte seinen Blick.

Dort oben gab es eine Balustrade erkannte er, und darauf stand eine Gestalt und blickte in die Tiefe. Kurz darauf war sie wieder verschwunden. Sie tauchte auch nicht wieder auf.

Das Meeting gestaltete sich ähnlich wie die vielen anderen, denen sie bisher schon beigewohnt hatten. Der Redner ging bereitwillig auf die Sorgen der Anwesenden ein und versprach ihnen ein besseres Leben, wenn sie sich der Sekte anschließen würden. Anschließend gab es eine lange Diskussion, an der sich auch die Engel beteiligten. Morgana und Dante, in ihren Rollen bestens geübt, gaben sich als begeistert von dem Gehörten aus, während Jonah den Skeptiker spielte, der noch mehr Informationen wollte, bevor er sich entschied. Da er sehr interessiert schien wurde ihm schließlich gesagt dass er sich gerne im Büro einen Termin geben lassen könne, zu einer umfangreichen, persönlichen Beratung.

Mit einer Visitenkarte und einer Broschüre in der Hand verließ er schließlich als letzter die alte Kirche und traf in einer gemütlichen kleinen Kneipe auf Morgana und Dante, die schon eifrig die Speisekarte studierten. Unter dem Tisch lugte Barneys Kopf hervor, er klopfte vernehmlich mit dem Schwanz auf den Boden als er ihn sah, kam aber nicht hervor. Das stundenlange Stöbern im Park hatte ihn müde gemacht.

Während sie auf ihr Essen warteten diskutierten sie über ihre Eindrücke. Auch Dante und Morgana hatten den Dämon erkannt, Morgana hatte sogar mit einer kleinen, als Armbanduhr getarnten Kamera Bilder von ihm und auch den anderen Leuten gemacht, die dagewesen waren. Zuhause wollte sie im PC nachschauen, ob einige davon auf ihrer Liste standen. Ihr Spitzel Paul war allerdings nicht dagewesen, wie Dante verärgert einwarf.

„Es ist immer dasselbe mit den ruhelosen Seelen" murrte er. „Erst wollen sie alles dafür tun endlich die Erde verlassen zu können. Aber dann kriegen sie Bedenken. Wenn er bis morgen nicht auftaucht kann er zusehen, wie er den Weg ins Licht alleine findet."

„Vielleicht möchte er ja seinen menschlichen Körper behalten und ist auf und davon", bemerkte Jonah. Doch Dante winkte ab.

„Lange wird er daran keine Freude haben, denn ich habe ihm natürlich ein Verfallsdatum gegeben. Wenn ich ihm das nicht verlängere, dann ist er in ein paar Tagen wieder ein Geist."

„Ich werde übrigens nicht mit euch nach Hause fliegen", meinte Jonah und warf einen zufriedenen Blick auf das Essen, das ihm die Kellnerin vorsetzte. Genießerisch sog er den Duft ein, Essen war eines der wenigen Dinge die es im Himmel nicht gab. Zumindest kein zubereitetes und keines, das man kauen musste. Im Universum ernährte man sich von Nektar und Aromen himmlischer Blüten.

„Was hast du vor?" wollte Morgana wissen.

„Ich werde gleich morgen früh dieses Büro aufsuchen und versuchen ob ich nochmals in die Kirche reinkomme. Ich würde mir gerne ansehen was es mit der Balustrade auf sich hat. Das Büro hat nur vormittags geöffnet." Er legte die Visitenkarte auf den Tisch.

Dante starrte neugierig darauf und sah dann Jonah an.

„Was willst du bis dahin tun? Dir ein Hotelzimmer nehmen? Morgana kann dir ein paar Adressen geben in denen du auch ohne Gepäck ein Zimmer bekommst und trotzdem ein sauberes Bett hast."

Nein danke, ich brauche kein Zimmer, ich werde mir die Stadt anschauen, ich war seit ewigen Zeiten nicht mehr in Berlin. Mal sehen was ich noch wiedererkenne."

„Na dann viel Spaß" brummte Dante und biss herzhaft in ein Stück Pizza, von dem der Käse langsam herunterlief.

„Mmh, köstlich" er verdrehte genießerisch die Augen.

„Auf jeden Fall gibt es hier die beste Pizza der Stadt." Barney jaulte fordernd und bekam von seinem Herrchen prompt ein Stück Pizza unter den Tisch gereicht, das er schmatzend verzehrte.

# Kapitel 6: Die Frau mit den Engelsaugen

Jonah war schon vor der Öffnung des Büros dort und beobachtete den Eingang von der anderen Straßenseite aus. Es handelte sich nur um ein kleines Büro in einer unbelebten Seitenstraße, und es befand sich im Parterre eines älteren Mietshauses. An der Fensterscheibe hingen einige der Plakate, die er schon bei dem Meeting gesehen hatte.

Kurz vor neun Uhr kam eine junge Frau und blieb vor der Tür stehen. Nachdem sie kurz in ihrer Handtasche gesucht hatte brachte sie einen Schlüssel zum Vorschein und schloss auf. Eine Minute später flackerte eine Lampe hinter der Fensterscheibe auf.

„Pünktlich auf die Minute" murmelte er in sich hinein und überquerte die Straße. Die Haustür ließ sich nicht öffnen, deshalb drückte er auf den Klingelknopf.

Anscheinend war man hier frühe Besucher nicht gewohnt, denn es dauerte eine ganze Weile bis der Summer ertönte. Er betrat den düsteren Hausflur und nahm die drei Stufen in einem Satz, dann stand er erneut vor einer Tür. Er hielt nach einer weiteren Klingel Ausschau, doch da öffnete sich die Tür einen Spalt und die junge Frau schaute heraus.

„Ja, bitte?" fragte sie in einem Ton der ihm sagte, dass sie so früh noch nicht mit einem Besucher gerechnet hatte. Eigentlich sah es sogar so aus als ob sie überhaupt nicht auf Besucher eingestellt war, denn sie blickte ziemlich abweisend. Das helle Licht in ihrem Rücken ließ ihn ihr Gesicht nur schemenhaft erkennen, dennoch sah er dass sie ausgesprochen schön war.

Während er durch das nächtliche Berlin gebummelt war hatte er sich überlegt, welchen Grund er angeben sollte das Büro persönlich aufzusuchen. Denn eigentlich wurden nur telefonische Termine vereinbart, wie es auf der Visitenkarte ausdrücklich vermerkt war.

„Entschuldigung, dass ich Sie so früh überfalle…", meinte er mit einem schiefen Lächeln, von dem er wusste dass es bei Frauen besonders gut ankam, „ …aber mir ist gestern Abend ein Missgeschick passiert, als ich das Meeting besuchte. Nachdem ich zu Hause war bemerkte ich dass ich mein Handy nicht mehr hatte, es muss mir wohl aus der Hosentasche gerutscht sein und liegt vermutlich noch unter dem Stuhl. Als ich es bemerkte bin ich sofort zurückgegangen, doch leider war schon niemand mehr da. Zum Glück habe ich eine Visitenkarte bekommen mit dieser Adresse hier. Da es nicht weit von meinem Wohnort entfernt ich, dachte ich, ich komme gleich persönlich vorbei…"

Sie überlegte einen Moment, dann gab sie die Tür frei und machte eine knappe einladende Handbewegung.

„Ich weiß zwar nicht wie ich Ihnen da helfen kann, aber kommen Sie erst einmal herein."

Sie drehte sich um und ging vor ihm her, nicht ahnend dass er per Gedankenkraft ein bisschen nachgeholfen hatte, damit sie ihn einließ. Denn eigentlich war das nicht ihre Absicht gewesen, das hatte er in ihren Gedanken gelesen.

Er nahm artig auf dem Stuhl Platz auf den sie deutete und schaute auf ihren Rücken, als sie auf den Kaffeeautomaten zuging. Er bewunderte ihre perfekte Figur, die sich unter dem fließenden Stoff ihres Kleides abzeichnete.

„Kaffee?" fragte sie, während sie an der Maschine hantierte und er bejahte. Sie füllte zwei Tassen und drehte sich damit zu ihm um. Zum ersten Mal sah er sie genau und ihr Anblick verschlug ihm den Atem. Wie er schon im Flur bemerkt hatte war sie schön, jetzt sah er dass sie ungewöhnlich schön war, eigentlich viel zu schön für ein Menschenwesen.

Er starrte in engelsgleiche Züge, umrahmt von rotblonden, nein rotgoldenen Locken, die einen Schimmer besaßen der überirdisch war. Hätte er es nicht besser gewusst, so wäre er überzeugt einen Engel vor sich zu haben.

Sie lächelte ihn spöttisch an, als sie seinen verblüfften Gesichtsausdruck sah, ganz offensichtlich war sie es gewohnt so angestarrt zu werden.

„Alles über mein Aussehen wurde mir schon gesagt", meinte sie streng und es klang irgendwie bitter. Sie stellte die Tasse vor ihn auf den Schreibtisch und setzte sich dann auf ihren Stuhl.

Jonah konnte noch immer den Blick nicht von ihr wenden, doch es waren ihre Augen, die ihn in ihren Bann zogen. Diese Augen hatte er schon einmal gesehen und seither nie mehr vergessen. Sie waren von einem unbeschreiblichen Türkiston und wenn man in sie schaute, meinte man in das Wasser der Ägäis zu sehen. Er hatte diese Augen an dem kleinen Mädchen gesehen, das vor etwa zwanzig Jahren plötzlich vor ihm gestanden und dadurch fast seinen Tod verursacht hatte.

In seiner Verblüffung hatte er für einen Moment die Zeit zum Stillstand gebracht, jetzt ließ er sie weiterlaufen und sein Gegenüber vollendete die fließende Bewegung, mit der sie ihre Tasse zum Mund führte. Für einen Sekundenbruchteil meinte er Verwirrung in ihren Augen zu sehen, so als hätte sie die kleine Zeitverzögerung bemerkt.

Was ihn wiederum verwirrte, denn kein Mensch bemerkte je wenn ein Engel die Zeit anhielt. Das konnten nur andere Engel spüren. Doch sie war kein Engel…

„Was meinen Sie, was ich für sie tun kann wegen Ihres verlorenen Handys, Herr…?" Sie schaute ihn fragend an.

„Jonah ist mein Name, Jonah Angelus. Tja, ich weiß nicht so recht, vielleicht könnten Sie jemand anrufen der mir den Saal öffnet, damit ich nachschauen kann. Das Handy ist unentbehrlich für mich, es enthält wichtige Daten."

„Und Sie sind sicher dass Sie es dort verloren haben? Nicht irgendwo anders?"

„Ganz sicher, ich hatte es extra ausgeschaltet bevor das Meeting begann, damit es nicht stört falls es klingelt. Dann habe ich es in die Hosentasche gesteckt aber vermutlich nicht richtig. Und der Boden ist ja mit Teppich ausgelegt, so konnte ich nicht hören dass es runterfiel."

„Hmm, was machen wir denn da? Leider ist keiner der Männer hier, sie sind heute Morgen abgereist und kommen erst zur nächsten Veranstaltung wieder. Doch die ist erst in einer Woche."

„In einer Woche?" ächzte Jonah gespielt entsetzt. „So lange kann ich mein Handy unmöglich entbehren. Gibt es keine Möglichkeit, dort reinzukommen?" Er sah sie mit verzweifeltem Blick an.

Mitleidig zuckte sie die Schulter. „Nun, ich habe einen Schlüssel, doch den darf ich Ihnen nicht geben. Ich kann Ihnen höchstens anbieten, um dreizehn Uhr mit Ihnen zu der alten Kirche zu gehen, damit sie Ihr Handy suchen. Bis dahin müssten Sie sich allerdings gedulden, vorher kann ich hier nicht weg."

„Ach, das wäre super, wenn sie das für mich tun würden. Ich komme dann um dreizehn Uhr wieder her und hole Sie ab. Darf ich Sie zur Entschädigung zum Essen einladen?"

Sie sah ihn einen Moment nachdenklich an, dann nickte sie lächelnd. „Ja, gerne. Also dann, bis später…"

Jonah verabschiedete sich und ging zur Tür. Sein Herz flatterte ein wenig, so sehr freute er sich. Das war ein Zustand, den er nicht gewohnt war und er grübelte darüber nach, während er den Weg zu dem Treffpunkt lief, den er mit Dante und Morgana ausgemacht hatte.

Die Beiden erwarteten ihn schon. Morgana blickte

ihn prüfend an und meinte lächelnd: „Was ist dir denn Gutes widerfahren? Du strahlst ja wie ein Weihnachtsengel."

Dante lachte leise über den Scherz, meinte aber auch: „Ja, das fällt mir auch auf. So glücklich kenne ich dich gar nicht. Was ist geschehen?"

Ein bisschen verlegen berichtete Jonah von der Begegnung mit der jungen Frau.

„Ich muss herausbekommen ob es das Mädchen von damals ist", endete er schließlich. „Sie muss es sein, diese Augenfarbe gibt es kein zweites Mal. Solche Augen habe ich noch nie bei einem Menschen gesehen, dazu dieses makellose Gesicht, wenn ich es nicht besser wüsste würde ich sagen sie ist ein Engel. Aber das kann unmöglich sein, ihr fehlt die Ausstrahlung."

„Sie kann kein Engel sein, wenn sie vor zwanzig Jahren ein Kind war", murmelte Dante wie zu sich selbst. „Wir alle waren nie Kinder, kindliche Engel gibt es nur in der Vorstellung der Menschen."

Jonah nickte nachdenklich. „Trotzdem hat sie etwas Engelhaftes an sich…"

„Und sie hat in irgendeiner Weise mit Satorios zu tun", warf Morgana nüchtern ein. Sie erntete verdutzte Blicke von ihren Mitstreitern und fuhr fort: „Zumindest arbeitet sie für ihn, das ist doch auffällig. Und damals war sie auch an seiner Seite."

„Nun, sie war plötzlich da, woher sie kam kann ich nicht sagen. Aber du hast Recht, das kann kein Zufall sein.

Ich werde die junge Dame wohl etwas näher unter die Lupe nehmen müssen." Er seufzte unbewusst auf.

„Aber pass auf dass du dich nicht in etwas verstrickst, dass du vielleicht später bereust", warnte Morgana ernst. „Wie das enden kann kennst du ja…"

„Wir werden in deiner Nähe bleiben und uns die Frau genau anschauen", beschloss Dante. „Es kann nicht schaden wenn wir sie ebenfalls kennen. Aber wir bleiben weit genug entfernt, damit sie uns nicht bemerkt. Bist du einverstanden?"

Natürlich war Jonah einverstanden, schließlich hatten sie gemeinsame Interessen die vorgingen. Trotzdem hoffte er die junge Frau wäre nicht allzu sehr mit der Sekte verstrickt. Oder noch schlimmer, auf irgendeine Weise mit Satorios verbunden. Aber das würde er herausfinden, auch wenn er beim Gedanken daran einen Stich in der Herzgegend verspürte.

Pünktlich um dreizehn Uhr stand er wieder vor dem Haus um auf sie zu warten. Lange brauchte er sich nicht zu gedulden bis sie aus der Tür trat. Sie lächelte, als sie ihn sah. „Oh, da sind Sie ja schon. Gut, kommen Sie."

Sie schlug den Weg in Richtung der alten Kirche ein und er musste sich beeilen weil sie ziemlich zügig ging. Er kam sich etwas dumm vor, als er neben ihr herlief und überlegte, wie er sie in ein Gespräch verwickeln konnte. Leider war er ein wenig aus der Übung, was die Konversation mit Menschen anging. Schließlich fragte er:

„Ich halte Sie doch hoffentlich nicht von etwas Wichtigem ab?"

Ein kurzer Seitenblick traf ihn, dann meinte sie lachend: „Sie meinen weil ich so schnell gehe? Nein, keine Sorge, ich laufe immer so zügig, ist halt eine Angewohnheit von mir. Meist gehe ich alleine, da fällt es mir selbst nicht auf."

Wiederum herrschte Schweigen zwischen ihnen. Dann endlich kam der Platz in Sicht, an dem die ehemalige Kirche lag. Sie mussten nur noch die stark befahrene Straße überqueren und blieben an der roten Ampel stehen.

„Die Fußgängerampel steht immer sehr lange auf Rot", sagte sie und klopfte ungeduldig mit einer Schuhspitze aufs Pflaster. „Dafür ist die grüne Phase nur sehr kurz. Ah, endlich."

Sie lief los, kaum dass die Ampel umgeschaltet hatte und bemerkte gar nicht, dass ein Auto angebraust kam dessen Fahrer noch schnell den Fußgängerüberweg passieren wollte, obwohl er schon rot hatte. Kein halber Meter trennte das Auto noch von seiner Begleiterin, da handelte Jonah. Blitzschnell hielt er die Zeit an und hechtete mit einem Pantersatz auf sie zu, griff sie als wäre sie ein Kind um die Taille und schoss mit ihr über die Straße. Sofort ließ er die Zeit weiterlaufen und während hinter ihnen Schreie und das Quietschen von bremsenden Reifen ertönte, stellte er die junge Frau behutsam ab.

„Kommen Sie" meinte er ruhig und nahm sie bei der Hand. Doch sie weigerte sich und blieb stehen.

„Was war das eben?" fragte sie verwirrt und schaute ihm ins Gesicht. Dann drehte sie sich um und starrte auf die andere Seite der Straße hinüber. Das Auto war etwa zehn Meter nach der Ampel zu Stehen gekommen, gerade stieg der Fahrer aus um nachzusehen, ob er sie überfahren hatte. Wütende Stimmen waren zu hören, die ihn anschrien.

„Kommen Sie", sagte Jonah nochmals sanft und zog sie mit sich. „Es ist nichts passiert."

Willenlos ließ sie sich von ihm zu der Kirche führen, vor der großen Holztür blieben sie stehen. Sie rührte sich nicht, schaute ihn nur aus großen Augen an.

„Sie haben mir das Leben gerettet", sagte sie schließlich. „Er hätte mich überfahren. Wie haben Sie das gemacht?"

Wie hatte sie es bemerken können, fragte er sich. Kein Mensch konnte es bemerken, wenn er die Zeit anhielt. Doch sie hatte es bemerkt, schon zum zweiten Mal…

„Lassen Sie uns erst reingehen, da können wir reden."

Mit zwingendem Blick sah er sie an und sie gehorchte seinem stummen Befehl. Wie in Trance griff sie in ihre Handtasche und holte den Schlüssel hervor. Er nahm ihn aus ihren zitternden Fingern und schloss die Tür auf.

# Kapitel 7: Isabella

Dumpf fiel die Tür hinter ihnen ins Schloss und plötzliche Dunkelheit umfing sie. Doch Sekunden später flackerte eine Deckenlampe auf. Seine Begleiterin drückte noch weitere Lichtschalter, die neben der Tür angebracht waren, so dass der ganze untere Bereich erleuchtet wurde.

„Setzen wir uns", meinte Jonah, fasste sie am Arm und führte sie zu einer Tischgruppe. Sie setzten sich und er fragte, ob sie etwas trinken wolle.

„Ein Kaffee wäre nicht schlecht", murmelte sie leise.

„In der Küche gibt es einen Automaten…"

Er ging in den Raum und drückte die Knöpfe am Kaffeeautomaten. Vom Morgen wusste er noch wie sie ihren Kaffee trank. Während der Automat zischend seine Arbeit verrichtete, sandte Jonah beruhigende Strahlen zu der Frau hin und hoffte sie würden wirken. Noch immer drehten sich seine Gedanken um sie, besonders um ihre Fähigkeit Dinge zu bemerken, die Menschen eigentlich nicht wahrnehmen. Er spürte ihre Verwirrung und versuchte sie durch Gedankenkraft zu beruhigen. Aber es war nicht einfach sie zu erreichen, unbewusst leistete sie ihm Widerstand.

Dann endlich gab sie nach, er spürte wie sie sich langsam entspannte. Mit den beiden Tassen in den Händen kehrte er zu ihr zurück und stellte sie auf dem Tisch ab. Sie dankte ihm lächelnd, was ihn ermutigte seinen Engelzauber noch ein wenig zu vertiefen.

Langsam schwand der Schrecken über das Geschehene aus ihrem Kopf.

Sie kramte erneut in ihrer Handtasche und reichte ihm einen Schlüsselbund, deutete auf einen Schlüssel.

„Sie kommen ja auch ohne mich zurecht. Gehen Sie schon vor und suchen Sie nach Ihrem Handy. Hoffentlich haben sie es tatsächlich hier verloren, sonst kann ich ihnen leider nicht weiterhelfen."

Als er ihr den Schlüssel abnahm bemerkte er, dass ihre Hände eiskalt waren. Das Bedürfnis keimte in ihm auf sie in seine Hände zu nehmen und zu wärmen. Doch stattdessen murmelte er nur ein „Danke" und ging dann auf den Saal zu.

Viel Zeit konnte er nicht darin verbringen, sonst würde sie misstrauisch werden, deshalb beeilte er sich. Er schloss leise die Tür hinter sich und schaute in die Höhe, dorthin wo er gestern die Gestalt gesehen hatte. Eilig streifte er seine Jacke ab und entfaltete seine Flügel, ein einziger Flügelschlag trug ihn hinauf auf die Balustrade.

Hier oben war alles mit zentimeterhohem Staub bedeckt, deshalb passte er auf dass er keine Abdrücke darin hinterließ. Sanfte Flügelschläge hielten ihn in der Luft während er sich umschaute. Er machte eine Nische aus, die hinter einem dunklen Vorhang verborgen war und entdeckte eine Kamera, die nach unten in den Saal gerichtet war. Gerne hätte er geschaut ob sie vielleicht einen Microchip enthielt, doch dafür reichte die Zeit nicht aus. Eilig ließ er sich herabgleiten, faltete sorgfältig seine Flügel und streifte die Jacke über. Aus der Brusttasche zog er sein Handy bevor er den Raum verließ und hinter sich abschloss.

Er wedelte mit dem Handy und grinste, als er sich wieder zu ihr setzte. „Wie ich vermutete lag es tatsächlich unter dem Stuhl. Bin ich froh dass ich es wiederhabe, ohne solch ein Teil ist man ja heutzutage aufgeschmissen."

Er reichte ihr die Schlüssel zurück. „Vielen Dank, Sie haben mir sehr geholfen."

Unauffällig forschte er in ihrem Kopf, doch zumindest im Moment hatte sie das Geschehen an der Ampel vergessen. Wie lange der Blackout bei ihr anhalten würde konnte er nicht vorhersehen. Bei einem normalen Menschen wäre das Vergessen lebenslang. Doch bei ihr hatte er diesbezüglich Bedenken. Sie war eine sehr interessante Frau, nicht nur wegen ihrem engelhaften Aussehen. Gar zu gerne würde er ihr Geheimnis lüften.

„Wohin würden Sie gerne zum Essen gehen?"

Er schaute sie fragend an, als sie wieder draußen vor der Tür standen. „Haben Sie ein Lieblingslokal?"

Sie dachte einen Moment nach. „Hm, es gibt da ein nettes kleines italienisches Lokal nur zwei Straßen weiter. Wie wäre es damit?"

Er war einverstanden und sie gingen los. Erneut lief seine Begleiterin sehr schnell, weshalb er sie am Arm fasste. „Sie haben es ziemlich eilig, ist ihr Hunger so groß?"

Er fragte es mit einem kleinen Lächeln.

Sie lachte ebenfalls. „Tut mir Leid, das ist eine sehr dumme Angewohnheit von mir. Ich werde oft gefragt ob ich auf der Flucht wäre."

„Und, sind Sie auf der Flucht?"

„Nein, natürlich nicht. Aber ich laufe schon so schnell seit ich denken kann. Schon in der Schule bin ich den anderen Kindern immer davongelaufen." Es klang, als könne sie es selbst nicht verstehen. Es hätte Jonah brennend interessiert, vor was oder vor wem sie davonlief. Er nahm sich vor es herauszufinden.

Das Lokal war wirklich sehr klein, doch gut besucht. Sie bekamen einen Tisch für zwei in einer Nische. Auch die Speisekarte war klein, doch die angebotenen Gerichte waren erlesen. Seine Begleiterin bestellte einen Meeresfrüchtesalat und Jonah entschied sich für eine Pizza nach Art des Hauses. Als Getränk wählten beide Rotwein.

Ein weiteres Paar betrat das Lokal und nahm am gegenüber liegenden Tisch Platz. Es waren Morgana und Dante. Weder sie, noch Jonah, sahen zueinander hin.

„Jetzt kennen wir uns schon eine ganze Weile, doch ich weiß noch immer nicht wie Sie heißen", begann Jonah im Plauderton. „Verraten Sie mir ihren Namen?"

„Isabella", antwortete sie und lächelte ihn an. „Isabella Satorios."

„Satorios?" stieß er verblüfft hervor, fing sich aber sofort wieder.

„Ist das nicht ein griechischer Name? Sie sind doch nie und nimmer Griechin."

Lachend schüttelte sie den Kopf „Nein, das bin ich nicht. Ich wurde adoptiert als ich ungefähr fünf Jahre alt war. Davor war ich zwei Jahre in einem Kinderheim auf Rhodos. Man hatte mich dort am Strand gefunden, halb ertrunken und nass. Ich trug eine Rettungsweste, die mir viel zu groß war. Auf der war der Name einer Yacht aufgedruckt. Die Yacht tauchte nie mehr auf, sie war offensichtlich gesunken und mit ihr alle Passagiere. Später wurde festgestellt dass drei befreundete Familien mit ihren Kindern die Yacht gechartert hatten. Ich war die einzige Überlebende und man konnte nicht feststellen zu welcher Familie ich gehörte, da drei Mädchen in etwa gleichem Alter auf der Yacht gewesen waren."

Jonah lagen hundert Fragen auf der Zunge, doch er bezähmte seine Neugier. Wirklich glauben konnte er die Geschichte nicht, denn es hätte ganz sicher eine Möglichkeit gegeben Isabellas Herkunft herauszufinden. Doch sie klang sehr überzeugt ihm die Wahrheit erzählt zu haben und er wollte sie nicht verunsichern. Vielleicht konnte ja Morgana mehr Einzelheiten zu der Geschichte und der Adoption erfahren. Auf jeden Fall stand Isabella Gregory Satorios näher als er vermutet hatte. Jonah fragte sich aus welchem Grund er das Mädchen zu sich genommen hatte. Bestimmt nicht aus Mitleid mit ihrem Schicksal oder Nächstenliebe. Und auch nicht weil er sich nach einer Familie sehnte. Satorios war ein Dämon der zwar

Menschengestalt annehmen konnte, aber unfähig war zu lieben. Teufelswesen wie er waren im allgemeinen Einzelgänger und suchten Menschenkontakt nur, wenn sie einen Vorteil daraus schlagen konnten. Sie benutzten Menschen um schneller ihre Ziele zu erreichen und manchmal auch um sie zu versklaven.

Jonah hatte schon genug Sklaven von Dämonen gesehen um zu wissen: Isabella war keine Sklavin. Deshalb musste es einen ganz speziellen Grund geben, weshalb Satorios sich ihrer angenommen und sie sogar adoptiert hatte.

Auf jeden Fall musste er möglichst schnell dieses Geheimnis seines Erzfeindes lüften. Und dazu brauchte er Isabella, sie war die Einzige die nahe genug an Satorios herankam ohne sein Misstrauen zu wecken. Doch wieweit konnte er ihr trauen? Sie konnte für ihn sehr gefährlich werden. Denn wenn sie, wie er es annahm, ein normales Verhältnis zu ihrem Pflegevater hatte, dann sprach sie mit ihm vermutlich auch über ihren Tagesablauf. Und vielleicht auch über den Mann, der ständig ihre Nähe suchte.

Satorios verfügte über einen messerscharfen Verstand, nur deshalb übte er noch immer erfolgreich den Job des Seelenfängers aus, der schon seit Jahrtausenden die Hölle mit Sklaven versorgte.

Wie schnell würde der listige Dämon dahinterkommen dass sein ärgster Feind ihn aufgespürt hatte und versuchte über seine Tochter an ihn heranzukommen?

Jonah fürchtete die Konfrontation mit ihm zwar keinesfalls, im Gegenteil, er sehnte die Revanche für seine Niederlage gegen Satorios herbei. Doch Isabella Satorios interessierte ihn trotz der kurzen Zeit ihrer Bekanntschaft mehr, als er sich selbst eingestehen wollte. Er fragte sich insgeheim zu wem sie halten würde, käme es zu einem Kampf. Der Kellner stellte das Essen vor ihnen ab und wünschte ihnen einen guten Appetit. Er kam gerade rechtzeitig, so dass kein verlegenes Schweigen zwischen ihnen aufkam. Seine Pizza duftete verführerisch und erst jetzt bemerkte er wie hungrig er war. Noch hatte er sich nicht ganz auf seine menschlichen Bedürfnisse umgestellt und beachtete die körperlichen Signale zu wenig.

„Na, habe ich Ihnen zu viel versprochen?" wollte Isabella wissen und lächelte ihm über ihre Gabel hinweg zu. „Mein Meeresfrüchtesalat schmeckt wundervoll."

„Sehr gut, wirklich ganz ausgezeichnet", pflichtete er ihr bei. „Sie haben einen ausgezeichneten Geschmack."

Ihr Gespräch wurde langsam flüssiger als sie über belanglose Dinge redeten. Je länger sie plauderten, desto ungezwungener wurde es. Schließlich fragte Jonah sie: „Haben Sie heute Nachmittag noch etwas vor? Wenn nicht, könnten wir doch zusammen etwas unternehmen."

Sie schaute ihn an, während sie überlegte und auch er konnte den Blick nicht von ihr wenden. Noch nie hatte er sich bei seinen Aufenthalten auf der Erde für eine Frau interessiert. Doch für Isabella empfand er viel mehr als Interesse. Je länger er sie anschaute, desto mehr faszinierte sie ihn. Er wollte alles über sie erfahren.

Mit Erleichterung registrierte er dass er sie ebenso zu interessieren schien. Zumindest fand sie seinen Vorschlag gut und fragte ihn, was er sich denn vorgestellt hätte.

„Nun, das wollte ich eigentlich Ihnen überlassen, ich bin erst wieder seit kurzem in der Stadt und bin zudem vielseitig interessiert. Was würden Sie den vorschlagen?"

Eigentlich hätte er vermutet dass sie einen Stadtbummel vorschlagen würde, oder den Besuch eines Museums oder einer Kunstausstellung. Doch sie wählte einen Zoobesuch.

„Mögen Sie keine Tiere?", wollte sie wissen als er sie irritiert anschaute. Sie sah ein bisschen enttäuscht aus.

„Doch, ich mag Tiere sehr, ich dachte nur…"

Sie lachte ihn an. „Sie dachten, diese verwöhnte Tussi möchte bestimmt einen Trip durch die Boutiquen der Stadt machen, geben Sie es zu."

Er grinste. „Äh, nun ja, also nein, das habe ich eigentlich nicht gedacht. Gehen wir also in den Zoo. Ich hoffe, ich finde den Weg dorthin noch. Wie gesagt, ich war schon länger nicht mehr hier."

„Wie gut dass wenigstens ich jede Straße hier wie meine Westentasche kenne. Also verlassen Sie sich ganz auf meine Führung." Sie klang übermütig, was ihm gut gefiel. Nachdem er bezahlt hatte verließen sie das kleine Lokal. Morgana und Dante würdigte er keines Blickes. Er wusste dass sie jedes ihrer Worte gehört hatten und dass Morgana mit ihrer kleinen Uhrenkamera mehrere Fotos von Isabella geschossen hatte. Die Beiden würden sich gleich auf den Heimweg machen und versuchen, mehr über sie herauszufinden. Doch Jonah musste sich eingestehen dass ihm am liebsten wäre sie sei ein völlig unbeschriebenes Blatt und ihre Verbindung zu Satorios bestünde tatsächlich auf rein familiärer Basis. Doch sein Verstand konnte nicht daran glauben.

Trotz seiner pessimistischen Vermutungen wurde der Nachmittag im Zoo für sie beide zu einem wundervollen Erlebnis. Isabella konnte gar nicht genug davon bekommen, ihm lange Vorträge über die verschiedenen Tierarten zu halten. Sie kannte sich sehr gut aus, was ihn verwunderte und ihre Begeisterung und Liebe für die Tiere war echt.

Was ihn sehr freute, denn im Himmel hatte er oft Kontakt mit den Tierengeln und wusste von denen um das schlimme Los, dass viele Tiere auf der Erde ertragen mussten.

Jonah musste zugeben, dass Isabella ihm immer sympathischer wurde, was es ihm nicht gerade leichter machte sie zu bespitzeln. Denn deshalb hatte er ja eigentlich den Kontakt zu ihr gesucht. Na ja, nicht nur deshalb, eigentlich hatte sie ihn vom ersten Moment an fasziniert.

Warum musste sie ausgerechnet mit seinem Erzfeind Satorios in so enger Verbindung stehen, haderte er. Konnte sie nicht aus einer ganz normalen Familie stammen? Aber dann hätte er sie vermutlich nie getroffen, gestand er sich ein. Niemals in ihre türkisgrünen Augen geschaut.

„Hallo, Erde an Himmel!" Sie wedelte lachend mit einer Hand vor seinem Gesicht herum. „Hören Sie mir überhaupt noch zu? Tut mir leid wenn ich zu viel rede, aber ich könnte mich stundenlang über Tiere unterhalten."

„Reden Sie nur weiter, ich höre Ihnen gern zu. Ich war nur einen Moment abgelenkt."

„Wissen Sie ich liebe Tiere sehr, aber eigentlich bin ich die Einzige in meiner Familie, die sich dafür interessiert. Gregory…, ich meine mein Vater, empfindet das als reine Gefühlsduselei, er meint Tiere wären dazu da um den Menschen zu dienen. Also dass man sie isst oder sonst wie ausnutzt. Ihm ist es völlig egal ob sie aussterben oder leiden…"

Für Jonah war das nicht verwunderlich, Dämonen nahmen auf keine Lebewesen Rücksicht, nicht auf Menschen und erst recht nicht auf Tiere. Ihr Ziel war es alles was lebte zu versklaven. Er fragte sich ob Isabella das wusste.

„Sehen Sie ihn eigentlich als Ihren Vater an?" wollte er wissen und schaute ihr prüfend ins Gesicht. „Ich mein, weil Sie ihn beim Vornamen nennen."

„Sie dachte einen Moment nach, dann zuckte sie die Schulter.

„Ich weiß nicht so recht. Er tut alles für mich, erfüllt mir jeden Wunsch, eigentlich müsste ich glücklich und zufrieden sein. Und schließlich hat er mich aus dem Heim geholt. Aber da ist seine andere Seite, seine Kälte, die er anderen gegenüber zeigt…"

Sie schwieg einen Moment verunsichert, dann sagte sie: „Ich bin ihm auf jeden Fall dankbar dass er mich bei sich aufgenommen hat. Wer weiß was sonst aus mir geworden wäre. Er hat mich gerettet und behandelt mich als sei ich seine leibliche Tochter. Für ihn war es selbstverständlich, dass ich die besten Schulen besuchte, er bezahlte die teuersten Internate ohne zu murren. Deshalb möchte ich mich nicht als undankbar erweisen. Allerdings…"

Ihr Gesichtsausdruck veränderte sich, plötzlich sah sie traurig aus. Jonah ermutigte sie mit einem mitfühlenden Blick zum Weiterreden.

„Allerdings machte er es mir sehr schwer, was mein Studium betraf. Er wollte unbedingt, dass ich Mythologie studiere. Mit Schwerpunkten in Dämonologie und alles über die Hölle und Satan. Ein schrecklicher Kram. Bis heute hat er mir nicht gesagt warum.

„Und haben sie es studiert?"

Sie schüttelte den Kopf.

„Nein. Ich hatte mal ein Semester reingeschnuppert mich dann aber ohne sein Wissen für Biologie entschieden. Bis er es merkte hatte ich bereits das Studium abgeschlossen. Er war zwar mächtig sauer, hat sich aber irgendwann beruhigt. Und er hat mir dann sogar versprochen, mir bei der Suche nach einer Anstellung als Wissenschaftlerin zu helfen…"

# Kapitel 8: Nachforschungen

Nachdem er Isabella zu ihrem Büro zurückbegleitet hatte sah er ihr noch nach bis sie mit ihrem kleinen Sportflitzer um die Ecke bog, dann schaute er sich kurz um. Es dunkelte bereits stark und er entdeckte keinen Menschen in der Nähe. Trotzdem lief er noch ein gutes Stück, bis er zu einer kleinen Baumgruppe kam. In ihrem Schatten streifte er seine Jacke ab und stopfte sie in den dünnen Beutel, den Morgana ihm mitgegeben hatte. Nachdem er seine Flügel ausgespannt und gelockert hatte, stieß er sich vom Boden ab und flog durch eine Lücke zwischen den Baumkronen in den Himmel. Sein Ziel war Morganas und Dantes Zuhause.

„Und du bist dir wirklich sicher dass sie ein menschliches Wesen ist?" fragte Dante, als sie im Wohnzimmer zur Besprechung zusammensaßen. Beschwichtigend hob er sofort die Hände, bevor Jonah antworten konnte.

„Ja, ja, ich weiß, wenn sie irgendetwas Nichtmenschliches an sich hätte, so wäre dir das nicht entgangen. Trotzdem…"

„Ich weiß was du meinst, aber nein, ich konnte keine Anzeichen entdecken, dass sie nicht menschlich wäre."

„Außer ihrem übernatürlich guten Aussehen und der Farbe ihrer Augen, was du beides bisher nur bei Engeln gesehen hast", konterte Morgana lachend. Ihr war sofort aufgefallen, was Jonah sich selbst noch gar nicht bewusst geworden zu sein schien, nämlich dass er sich in die ungewöhnliche Frau verliebt hatte.

„Ihr habt sie doch selbst gesehen, was würdet ihr sagen? Sieht sie tatsächlich wie eine menschliche Frau aus? Es gibt zweifellos auch auf der Erde Frauen, die perfekte Schönheiten sind. Aber sie, ihre Züge sind überirdisch. Das kann doch nicht mit rechten Dingen zugehen."

Morgana schaute ihn nachdenklich an, dann meinte sie sinnend:

„Aber wenn sie vom Himmel käme, dann wäre sie ebenso menschlich geworden wie Dante und ich. Wir haben uns beide verändert, als wir hier ankamen."

Sie deutete auf ihr Gesicht, dessen Teint leicht gebräunt und von unzähligen kleinen Sommersprossen besiedelt war. Jonah wusste dass sie diese Sommersprossen hasste, obwohl er und Dante ihr schon zig Mal versichert hatten, dass sie ihr sehr gut standen.

„Es sind nicht nur diese kleinen Dinger die mich verändert haben." Morgana verzog einen Moment bitter die Lippen. „Es sind auch noch andere Kleinigkeiten wie du ja siehst. Dantes und mein Gesicht sind nicht mehr so gleichmäßig geformt wie damals, als wir noch Engel waren. Unsere Haarfarbe hat sich verändert und auch unsere Körper."

Sie hielt einen Moment inne und schaute von Dante zu Jonah, dessen perfekte Gesichtszüge jedem Beobachter gleich auffielen. Weshalb er sich, wenn er sich unter Menschen aufhielt, mit einem Engelszauber schützte der die Leute davon abhielt ihn näher zu betrachten. Dantes früheres Engelsaussehen hatte sich hingegen im Lauf der Jahrhunderte auf der Erde in maskuline Züge verwandelt. Manchmal musste Morgana lange überlegen wie er früher ausgesehen hatte und fragte sich dann, ob er ihr als Engel überhaupt noch gefiele.

Sie kam auf ihr eigentliches Gespräch zurück und gab zu: „Aber diese Isabella ist tatsächlich perfekt wie ein Engel. Seltsam…"

„Dazu kommt dass sie zumindest Ansätze engelhafter Fähigkeiten besitzt, die für einen Menschen sehr ungewöhnlich sind."

Jonah drehte das Weinglas in seiner Hand und betrachtete nachdenklich, wie die dunkelrote Flüssigkeit darin schwappte. „Ich könnte schwören dass sie gemerkt hat wie ich die Zeit angehalten habe um sie zu retten."

„Aber sie war ein Kind als sie dir damals begegnete. Dann kann sie unmöglich ein Engel sein. Du weißt selbst, dass wir niemals Kinder wahren. Oder sie war nicht das Kind, das dir damals in den Weg lief…"

Es war Dante, der das einwarf.

Jonah zog eine Augenbraue hoch und erwiderte in mildem Ton: „Sie war es, so wahr ich ein Engel bin."

„Aber hätte sie dich dann nicht ebenfalls wiedererkennen müssen? So klein, dass sie keine Erinnerung mehr daran hat, war sie doch damals auch nicht mehr."

„Darüber habe ich ebenfalls schon nachgedacht", gab Jonah zu. „Doch ich bin zu der Meinung gekommen, sie hat mich wegen des vielen Blutes nicht erkannt. Mein Gesicht und meine Haare waren damals von Dreck und Blut verschmiert, ich kann mir zudem denken, dass die Kleine sehr erschrocken war als ich dreckig und mit einem Schwert in der Hand vor ihr stand. Nein, sie hat mich ganz sicher nicht wiedererkannt, das hätte ich ihr angesehen als wir uns trafen."

Morgana brachte das Thema in eine andere Richtung, indem sie auf ihren Laptop deutete: „Nun, auf jeden Fall ist über eine Isabella Satorios nichts herauszufinden. Sie existiert eigentlich gar nicht. Falls sie überhaupt einen Personalausweis oder Pass besitzt, so muss er gefälscht sein."

„Aber sie ging in die Schule, auf ein Internat und sie machte das Abitur und studierte. Kann man das, wenn man nirgends registriert ist? Ich dachte, das wäre auf der Erde alles geregelt", gab Jonah zu Bedenken.

„Wenn man einen … Vater hat, der Gregory Satorios heißt und der zudem einer der obersten Dämonen ist, so geht alles", beschied ihm Dante lapidar. „Da werden alle Register gezogen, Menschen beeinflusst oder bedroht, notfalls auch eliminiert."

Er hielt kurz inne, bevor er weitersprach:

„Außerdem solltest du in Erwägung ziehen dass diese Isabella durchaus mit Satorios' Identität und Wirken vertraut sein könnte, hast du das ebenfalls bedacht? Schließlich arbeitet sie ja auch für ihn.

„Niemals", stieß Jonah heiser hervor. „Ich war den

ganzen Tag mit ihr zusammen und konnte mehrmals einen Blick in ihre Gedanken werfen. Ihr ist Böses fremd, sie würde sich nie mit Satorios abgeben, wüsste sie was er tatsächlich ist und tut."

Dante und Morgana blickten ihn stumm an. Sie brauchten ihm nicht zu erklären, zu was ein Dämon von Satorios Format fähig war. Selbst Heilige, Könige und Päpste hatte er schon zu Dienern der Hölle gemacht. Und Engel…

„Hast du von ihr wenigstens etwas über die Sekte erfahren? Wenn du schon den ganzen Nachmittag mit ihr zusammen warst habt ihr doch vermutlich nicht nur über Tiere gesprochen. So viel gibt es darüber doch gar nicht zu sagen."

„Oh doch, darüber gibt es eine ganze Menge zu sagen. Vor allem, dass es endlich an der Zeit wäre, dass sich der Himmel einmal dieser seiner Geschöpfe annähme, die schon seit Jahrtausenden von den Menschen unterdrückt, ausgenutzt, gequält und getötet werden. Isabella hat mir viel darüber erzählt, sie ist eine leidenschaftliche Verfechterin der Tierrechte. Und sehr traurig darüber, dass ihr Vater keinerlei Interesse an Tieren hat."

Jonah lachte bitter auf. „Anscheinend weiß sie wirklich nicht wer und was er ist."

„Natürlich habe ich versucht sie über ihn auszuhorchen", fuhr er in mildem Ton fort. „Schließlich mache ich den Job nicht zum ersten Mal. Und ich habe herausgefunden, dass Isabella, trotzdem sie nur wenige Zeit mit ihrem Pflegevater verbringt, ihm doch eine gewisse Zuneigung entgegenbringt. Sie ist ihm dankbar, dass er sie aus dem Kinderheim geholt und als seine Tochter angenommen hat. Deshalb unterstützt sie ihn auch indem sie das Büro für ihn führt, obwohl sie viel lieber als Wissenschaftlerin arbeiten würde. Ich wollte wissen was sie von der Sekte hält die er führt, aber sie stellt seine lauteren Absichten nicht in Zweifel sondern hält ihn für eine Art Prophet oder Weltverbesserer. Falls es überhaupt gelingt, so müsste man sie sehr vorsichtig über sein wahre Passion aufklären."

„Dann können wir also nicht mit ihr rechnen", meinte Morgana nüchtern. Jonah schüttelte den Kopf und meinte mit leisem Seufzer.

„Ich fürchte, nein. Und wenn sie nur den leisesten Verdacht hegen würde, dass ich Satorios eliminieren will, dann würde sie das ganz sicher zu verhindern suchen.

Ich habe in ihre Gedanken geblickt und gesehen dass sie ihm bedingungslos vertraut", fuhr er leise fort.

Morgana warf ihm einen mitleidigen Blick zu, bevor sie ihre Frage in den Raum stellte:

„Habt ihr schon einmal darüber nachgedacht was Satorios überhaupt dazu bewogen hat, Isabella bei sich aufzunehmen? Adoptiert, wie sie es meint, hat er sie jedenfalls nicht. Ich habe nirgends etwas über sie gefunden, auch das Kinderheim gibt es nicht. Und den Jachtunfall gab es ebenfalls nicht. Das hat er ihr alles vorgelogen. Ich frage mich deshalb was einen Dämon seines Kalibers dazu bringt ein kleines Kind zu sich zu nehmen, selbst wenn es das Aussehen eines Engels hat. Aber er hat sie bei sich aufgenommen und soweit das bei ihm überhaupt möglich ist, liebevoll großgezogen. Dafür muss es doch einen Grund geben. Einen sehr bedeutsamen Grund…"

„Er hat etwas mit ihr vor", mutmaßte Dante und zog die Stirn in Falten. „Und zwar etwas so Außergewöhnliches, dass er bereits über zwanzig Erdenjahre dafür investiert hat. Was wiederum dafür spricht dass Isabella tatsächlich kein gewöhnliches Menschenkind sein kann. Aber was ist sie dann?"

Sie schwiegen alle drei eine Weile nachdenklich, dann meinte Jonah:

„Wir wissen doch eigentlich nichts darüber was mit den Engeln tatsächlich geschah, die aus dem Himmel geraubt wurden. Da bisher keiner von ihnen zurückgekommen ist um darüber zu berichten, sind wir auf Mutmaßungen angewiesen. Vielleicht ist es ja tatsächlich möglich dass sie hier als menschliche Kinder ankommen. Dass sie normal geboren werden kann ich mir allerdings nicht vorstellen. Gregory hat Isabella ja auch adoptiert…"

„…was aber nirgendwo behördlich hinterlegt ist", warf Morgana ein. „Sie könnte auch einfach aus dem Nichts zu ihm gekommen sein – oder eben aus dem Himmel."

Sie diskutierten noch eine Weile darüber, ohne jedoch zu einem Ergebnis zu kommen. Schließlich stand Jonah auf und sagte entschlossen: „Ich werde eine kurze Stippvisite nach oben machen. Vielleicht gewährt mir ja der himmlische Rat eine Audienz. Wenn jemand mehr über das Schicksal der geraubten Engel weiß, dann einer von den Räten."

Dantes Gesicht verfinsterte sich bei der Erwähnung des hohen Rates. „Hoffentlich geben sie dir eine Antwort, die ehrlich ist. Ich bin von der Urteilsfähigkeit einiger Mitglieder des himmlischen Rates nicht mehr so überzeugt. Wende dich lieber an Erzengel Michael."

Jonah meldete sich an den Himmelspforten an und durfte passieren, nachdem der diensthabende Wächterengel ihn kontrolliert hatte. Obwohl sie sich gut kannten musste er doch seinem Kollegen Rede und Antwort stehen. Er kannte dieses Prozedere zur Genüge und verabschiedete sich danach mit freundlichem Gruß. Sein Weg führte ihn direkt zu den Hallen des himmlischen Rates und dort musste er sich erneut von den Wachen kontrollieren lassen. Danach durfte er die heiligen Hallen betreten. Wie immer, wenn er von der Erde zurückkam, fielen ihm die Unterschiede zwischen dort und hier besonders auf. So waren die Gebäude im Himmel zwar real und wirklich, waren aber dennoch nicht erbaut. Sie bestanden einfach aus Materie.

Im Inneren war es ruhig und es herrschte eine friedvolle Atmosphäre. Es gab keine Mauern, keine Abgrenzungen und doch war es nicht einfach nur eine große Halle. Man sah Türen und Treppen, doch sie waren eine Illusion.

Jonah schwebte in die Höhe und befand sich auf dem Platz, an dem die Gerichtsverhandlungen stattfanden. Er war leer und er konnte spüren, dass kein himmlisches Wesen hier war.

Es war ihm ganz Recht dass niemand vom himmlischen Rat anwesend war. Denn eigentlich müsste er sein Anliegen hier vortragen. Lieber wollte er jedoch Dantes Vorschlag folgen und das Gespräch mit Erzengel Michael suchen, dem er direkt unterstand und dem er bedingungslos vertraute.

Schnell entschwebte er aus den Hallen, was ihn nur einen Gedanken kostete, und fand sich einen Wimpernschlag später auf einer herrlichen Bergwiese wieder, dem bevorzugten Rückzugsort des großen Erzengels.

Tief sog er den würzigen Duft der mit Blumen übersäten Wiese ein und blickte sich kurz um. In der Nähe plätscherte ein kleiner Bach und Vögel zwitscherten in den Bäumen, die in einiger Entfernung standen. Dahinter erhob sich ein gewaltiges, von Schnee gekröntes Bergmassiv. Weiter unten im Tal weideten Kühe und Pferde.

„Ist es nicht herrlich hier?" ertönte hinter ihm die sonore Stimme von Erzengel Michael.

Jonah drehte sich zu ihm um. „Eine wahre Idylle, die Ihr euch hier geschaffen habt", antwortete er.

„Eigentlich schade, dass es nur eine Illusion ist."

„Solange du und ich es sehen können ist es real. Ich liebe es hierher zu kommen um die Natur zu genießen. Da wo ich mich ständig aufhalten muss gibt es oft nur graue Ruinen, blutdurchtränkte Erde und Tod. Manchmal habe ich es so satt."

Jonah wusste nur zu gut, wovon Michael sprach. Wie oft hatte er in ungezählten Jahrtausenden an der Seite des Erzengels gekämpft, eine von dessen unzähligen Legionen befehligt die aus Kriegsengeln bestand, im ewigen Kampf gegen das Böse. Während die Menschen sich auf der Erde bekriegten, kämpften die himmlischen Heerscharen im Himmel und auf der Erde gegen Satans Dämonen, die den Menschen das Böse einflüsterten. Sie kämpften noch immer, denn für jeden Dämon den sie eliminierten kam ein neugeschaffener aus der Hölle.

„Wir werden das Böse besiegen. Irgendwann in nicht allzu ferner Zeit. So, wie es vorhergesagt wurde."

„Mir kommt es manchmal so vor, als wäre das Böse inzwischen überall", gab Jonah zur Antwort.

„Besonders, wenn man auf der Erde Nachrichten im Fernsehen sieht."

„Doch deswegen bist du sicher nicht zu mir gekommen", sagte der Erzengel in freundlichem Ton. „Was also führt dich zu mir, Jonathas?"

Jonah begann ohne Umschweife von Isabella zu erzählen und dem Geheimnis, dass sie umgab. Michael hörte ihm aufmerksam zu. Schließlich fragte Jonah:

„Kann es sein dass Isabella ein geraubter Engel ist und als Menschenkind auf die Erde kam? Es kann doch kein Zufall sein, dass ausgerechnet Gregory Satorios sich eines ganz gewöhnlichen Waisenkindes annimmt.

Der Erzengel blieb noch immer stumm, doch in seinem Gesicht ging eine Veränderung vor, er schien plötzlich nachdenklich. Was Jonah dazu anspornte, weiter nachzuhaken.

„Könnt Ihr mir mehr darüber sagen was mit den Engeln tatsächlich geschieht die von Dämonen verschleppt werden? Vom himmlischen Rat wurde bislang die Meinung verbreitet sie würden in die Hölle gebracht und dort gezwungen dem Teufel zu dienen. Aber vielleicht stimmt das ja gar nicht. Vielleicht hat Satan ja etwas ganz anderes mit ihnen im Sinn."

Jonah schaute Erzengel Michael mit brennendem Blick an. Der hielt ihm stand und gab nach einer kleinen Weile zur Antwort: „Es stimmt schon was der himmlische Rat sagt, dass die geraubten Engelnovizen in die Hölle verschleppt werden und dort schlimmen Qualen ausgesetzt sind. Doch das gilt nur für die Engel die sich entschlossen haben Krieger- oder Wächterengel zu werden. Auf die haben die Dämonen es eigentlich nicht abgesehen, sie benutzen sie deshalb dafür ihre Rekruten im Kämpfen auszubilden. Der wahre Grund des Novizen Raubes ist es weiblicher Engel habhaft zu werden, die zu höheren Ämtern berufen sind. Erzengel etwa oder Thronengel."

Jonah starrte ihn einen Moment an, dann stieß er hervor: „Und Isabella gehört zu diesen Engeln."

Es war keine Frage sondern eine Aussage.

Erzengel Michael nickte bekümmert: „Sie war unsere Hoffnungsträgerin für einen bislang unbesetzten

Platz, der aber angesichts der Entwicklung auf der Erde dringend notwendig wird. Sie wäre zum Erzengel der Tiere ausersehen gewesen."

„Wie passend", meinte Jonah verblüfft und erzählte von Isabellas Liebe zu Tieren.

Michael seufzte: „Wir konnten seither niemanden finden, der nur annähernd so geeignet dafür ist wie sie."

„Vielleicht gibt es ja eine Möglichkeit, sie aus Satorios Klauen zu befreien. Gebt mir den Befehl dazu und ich werde alles tun was in meiner Macht steht."

Jonah starrte dem mächtigen Erzengel direkt in die Augen, was eigentlich ungehörig war. Der wiegte zweifelnd den Kopf: „Ich weiß nicht ob es dazu nicht schon zu spät ist. Es kommt darauf an wie weit sie von Satorios schon in seine Pläne eingeweiht ist und wie es ihm gelungen ist, sie in seinem Sinn umzuerziehen. Dämonen verwandeln die gekidnappten Engel in Babys, sobald sie auf der Erde ankommen, um sie von klein auf auf ihre Rolle vorzubereiten. Das gelang ihnen jedoch bisher nicht, denn ein hochgestellter Engel, auch wenn er noch Novize ist, besitzt einen sehr starken Willen. Bisher ist nicht bekannt dass sich eines der geraubten Engelwesen umerziehen ließ, denn sie wissen tief in ihrem Inneren, was sie in Wirklichkeit sind und widersetzen sich allen Versuchen. Was jedoch irgendwann unweigerlich ihr Ende bedeutet, denn sie werden eliminiert, wenn sie für die Zwecke der Dämonen unbrauchbar sind."

„Kann ich erkennen ob Isabella gegen Satorios Erziehung immun ist? Und was wird mit ihr geschehen, falls sie sich tatsächlich…umpolen lässt?"

Der Erzengel schüttelte den Kopf, seine Stimme klang traurig.

„Egal wie sie sich entscheidet, sie ist so oder so verloren. Denn falls sie Satorios' Strategie erliegt, dann wird er sie in die Hölle bringen, wo Satan persönlich mit ihr einen neuen Höllenfürst zeugen wird. Schon seit dem Engelsturz sinnt er darauf den Himmel zu erobern. Das kann ihm jedoch nur gelingen wenn er einen Sohn mit einer Engelin von hohem Stand zeugt. Diesem Sohn, in dem beide Gegensätze, also Himmel und Hölle, Gut und Böse, vereint sind, kann es gelingen die göttliche Macht zu stürzen. So soll es zumindest geschrieben stehen in den uralten Schriften. Die allerdings schon seit Jahrmillionen verschollen sind. Doch die Höllenwesen glauben fest daran dass sie so eines Tages den Himmel erobern und dahin zurückkehren werden um die himmlische Ordnung in ihrem Sinne umzuformen."

Er schwieg einen Moment, bevor er weiter erklärte.

„Was deine andere Frage betrifft: ich vermute dass Isabella noch nicht soweit ist. Satorios steht bei ihr erst am Anfang mit seiner Gehirnwäsche. Aber niemand außer Satan selbst weiß an welchem Tag die Vermählung stattfinden soll. Deshalb ist es wichtig Isabella möglichst bald zu befreien und in den Himmel zurückzubringen.

Er schaute Jonah prüfend in die Augen:

„Wärst du tatsächlich bereit, diese Aufgabe zu übernehmen? Es ist gefährlich und kann euch beide das Leben kosten. Überlege es dir gut."

Doch Jonah musste nicht überlegen. Zum einen, weil er darauf brannte seine Fehde mit Satorios endlich erfolgreich zum Abschluss zu bringen. Aber vor allem wegen Isabella. Er würde sie aus den Fängen der Hölle befreien und sie zurückbringen in die Sicherheit des Himmels. Dorthin, wo sie hingehörte. Er nickte knapp.

„Nun gut, dann gebe ich dir den Befehl Isabella zu befreien und in den Himmel zurückzubringen. Meinen Segen gebe ich dir mit auf den Weg."

# Kapitel 9: Ein himmlischer Auftrag

Zurück auf der Erde berichtete Jonah seinen beiden Kampfgenossen ausführlich vom Gespräch mit Erzengel Michael.

„Er konnte sich noch gut an den Tag erinnern als Isabella und zwei weitere Novizinnen geraubt wurden. Die Dämonen hatten sich als junge Seelen getarnt, die sich verirrt hatten. Und Isabella und die beiden anderen Engel hatten sich verbotenerweise vor den Toren aufgehalten und die Ankunft einer Delegation von Unterhändlern aus der Vorhölle ausgenutzt, um ungesehen durch die Pforte zu schlüpfen. Das war eine dumme Mutprobe, wie sie öfter mal vorkommt. Ihr kennt das ja noch. Auf jeden Fall ging die Mutprobe für diese Drei schlecht aus, sie wurden entführt. Bisher wusste niemand was mit ihnen geschehen war und das Schicksal von Isabellas Freundinnen ist noch immer unbekannt."

„Kann es sein dass sie ebenfalls als Kinder von Dämonen erzogen werden?" wollte Morgana wissen. Doch Jonah schüttelte bekümmert den Kopf.

„Michael meinte sie wären nicht zu Engeln von hohem Stand auserkoren gewesen, weshalb sie vermutlich in die Hölle gebracht wurden. Isabella hingegen war zu sehr viel Höherem bestimmt. Sie sollte zum Erzengel der Tiere geweiht werden. Da die Grausamkeiten der Menschen gegen Tiere immer schlimmere Ausmaße annehmen, war der Plan etwas dagegen zu unternehmen. Es sollen mehrere

Legionen Engel zum Schutz der Tiere abkommandiert werden. Und Isabellas Aufgabe sollte es sein, diese Engel anzuleiten."

„Deshalb ihr enormes Interesse an Tieren und ihr Mitgefühl für die leidenden Geschöpfe", warf Morgana erneut ein.

„Satorios wird darüber ganz und gar nicht entzückt sein. Für die Kreaturen der Hölle sind Tiere ein Gräuel, da sie ohne Schuld und Sünde sind. Deshalb versuchen sie schon seit tausenden von Jahren Tiere mit der Hilfe von Menschen zu unterdrücken und zu töten."

„Meinst du Satorios weiß um die wahre Berufung Isabellas?"

„Ich denke nicht und wenn, so wird es ihn nicht interessieren. Auf jeden Fall ist sie in allerhöchster Gefahr, denn sobald Satorios sie von der ihr zugedachten Berufung überzeugen kann, wird er sie in die Hölle bringen, wo sie mit Satan vermählt werden soll. Daraus soll dann ein neuer Höllenfürst hervorgehen der dazu ausersehen ist, dereinst den Himmel zu erobern."

„Na, bis das soweit ist, werden noch etliche Jahre vergehen", warf Dante ein.

„Erdenjahre sind im Himmel nur ein Wimpernschlag", erwiderte Jonah in mildem Ton. „Zudem geht es nicht um diesen neuen Höllenfürsten, der vielleicht geboren wird. Um den kümmern sich andere. Es geht darum, dass wir Isabella auf jeden Fall davon überzeugen müssen Satorios' Pläne zu boykottieren. Denn sobald sie sich von ihm lossagt so wird sich die Frage nach dem neuen Höllenfürsten gar nicht stellen, da er nie geboren werden wird. Die Schwierigkeit daran ist jedoch, dass Gregory sich von uns nicht so kurz vor seinem Ziel ins Handwerk pfuschen lassen wird."

„Können wir sie nicht einfach auch entführen und wieder in den Himmel zurückbringen? Das wäre doch die einfachste Lösung", meinte Dante.

Doch Jonah schüttelte den Kopf.

„Nein, so einfach ist es leider nicht. Isabella muss sich aus freien Stücken von Satorios und seinen Plänen lossagen. Zudem muss sie sich von selbst daran erinnern wer und was sie wirklich ist, wir dürfen es ihr nicht sagen. Erst danach kann sich ihr menschlicher Körper wieder in den eines Himmelswesens umwandeln und sie wird in der Lage sein uns in den Himmel zu folgen. So hat Michael es mir erklärt."

„Uns…? Du meinst sicher dir. Morgana und mir ist die Rückkehr nach wie vor verwehrt."

Jonah grinste ihn an.

„Auch darüber habe ich natürlich mit Erzengel Michael gesprochen. Er ist, im Gegensatz zum himmlischen Rat der Meinung, ihr beide habt genug für euer Vergehen gebüßt. Sobald wir diesen Fall mit Erfolg abgeschlossen haben wird er sich für eure Rehabilitation stark machen. Und wie ihr wisst, hält er immer sein Versprechen."

Sie schauen ihn beide sprachlos an, dann ging ein Lächeln über ihre Gesichter.

„Ist das wirklich wahr?" fragte Morgana atemlos und in ihren grünen Augen schimmerte es verdächtig.

„Würde ich euch belügen?" fragte Jonah dagegen und schaute ernst von ihr zu Dante.

„Erzengel Michael wollte zwar noch nicht so recht mit der Sprache rausrücken, was euren Fall betrifft. Doch so wie ich es verstanden habe gibt es Anschuldigungen gegen jenes Mitglied des himmlischen Rates, der sich damals so vehement für eure Verurteilung ausgesprochen hat. Er soll mit Hilfe von Dämonen seinen Ratsplatz erschlichen haben. Doch die Untersuchungen gegen ihn sind noch nicht abgeschlossen, weshalb Michael sich nicht weiter äußern wollte. Doch zuerst müssen wir uns um Isabellas Rettung kümmern. Sie wieder zu einem Geschöpf des Himmels zu machen wäre ein großartiger Sieg über die Unterwelt und würde deren Pläne zur Übernahme des Himmels vermutlich auf lange Zeit zunichtemachen. Deshalb müssen wir uns sehr genau überlegen wie wir vorgehen werden. Der geringste Fehler kann zu einem Fiasko führen, das nicht mehr rückgängig zu machen ist."

Am nächsten Morgen wartete Jonah in seinem Mietauto auf der gegenüberliegenden Straßenseite des kleinen Büros auf Isabella. Obwohl er sie gar nicht verpassen konnte, hing sein Blick gebannt an der Eingangstür.

Mit seinen Gedanken war er jedoch bei dem Gespräch des vergangenen Abends. Sie hatten sehr lang zusammen gesessen und durchgesprochen, wie sie vorgehen wollten. Doch eigentlich wusste er nicht wirklich wie er vorgehen sollte, es lag allein an Isabella und daran, ob sie an Satorios glaubte, wie weit sie in seine Pläne eingeweiht war und inwieweit sie ihn unterstützen würde. Dantes und Morganas ursprünglicher Plan die Kirche der neuen Himmelsboten zu zerschlagen war erst einmal zweitrangig geworden. Oder besser gesagt wenn es gelang Satorios endlich zu eliminieren, dann würde auch seine Sekte mit ihm verschwinden. Jonah fiel es nicht leicht Isabella zu überprüfen, er musste sich sogar eingestehen dass er Angst davor hatte sie könne schon zu stark von Satorios Irrlehren beeinflusst sein. Falls sie den Weg zu ihrem wahren Ich nicht mehr fand, so war sie rettungslos verloren. Das Einzige was er dann noch für sie tun konnte wäre sie zu töten, um sie vor der ewigen Verdammnis zu retten. Er hoffte jedoch inständig das nicht tun zu müssen.

Er durfte ihr keinen Hinweis geben in welcher Mission er hier war. Und ihr schon gar nicht mitteilen, dass er etwas für sie empfand. Erst auf Morganas Anspielung hin hatte er verwirrt festgestellt dass er sich in sie verliebt hatte.

Wie es dazu kommen konnte wusste er nicht zu sagen. Denn bisher hatte er sich noch nie verliebt. Seine Aufgaben hatten ihn bisher so beansprucht, dass für einen weiblichen Engel kein Platz in seinem unsterblichen Leben war.

Im Himmel lief es anders als auf der Erde wo es

wichtig war einen Partner zu finden um sich fort-zupflanzen. Engel wurden nicht geboren, sondern er-schaffen. Wie das geschah blieb das große Geheimnis des Universums.

Jedoch war es jedem himmlischen Wesen selbst überlassen ob es alleine oder mit einem Partner leben wollte. Dessen Geschlecht spielte ebenfalls keine Rolle, da es Sex nicht gab. Liebe jedoch schon, schließlich kam sie vom Himmel.

Auch wenn sich verliebte Engel nicht körperlich ver-einigen konnten, waren sie doch verliebten Men-schen ähnlich. Und manchmal machten sie in ihrer Verliebtheit fatale Fehler, so wie Morgana und Dante.

Jonah freute sich zwar für andere Engel wenn sie eine Partnerin oder einen Partner gefunden hatten, für ihn selbst war das jedoch nichts. Dachte er bisher jeden-falls.

Und dann genügte ein einziger Tag mit dieser ungewöhnlichen Frau um sein Gefühlsleben total durcheinander zu bringen. Eine Frau, die weder Engel noch Mensch und doch beides war. Die er entweder zu retten oder zu töten gezwungen sein würde.

Über seinen Grübeleien wäre ihm fast entgangen dass Isabella vor dem Büro stand und gerade die Tür aufschloss. Sein Herz begann schneller zu schlagen, ein Gefühl, dass er bisher nicht kannte. Er zwang sich zur Ruhe und wartete ein paar Minuten bis er das Auto verließ.

Obwohl es ihm widerstrebte legte er seinen Engelszauber über sich. Eigentlich war es ein Anti-Engelszauber, denn er hielt Menschen ab, ihn genau anzusehen und so zu erkennen, dass er nicht von dieser Welt war. Das hatte er auch am Vortag gemacht, trotzdem war ihm öfter aufgefallen, dass Isabella ihn grübelnd angeschaut hatte.

Der Engel in ihr war also noch nicht tot, was immerhin als gutes Zeichen zu werten war.

Er erkannte ein freudiges Strahlen in ihrem Gesicht als sie auf sein Klingeln öffnete. Doch schnell wich es Verwunderung. „Jonah, hallo. Hast du schon wieder etwas verloren?"

Im Lauf des vergangenen Nachmittags waren sie zum Du übergegangen. Und beim Abschied hatten sie vereinbart sich wieder einmal zu treffen. Heute hatte sie jedoch ganz offensichtlich nicht mit ihm gerechnet, was ihm einen enttäuschten Stich ins Herz versetzte. Anscheinend war er ihr nicht so wichtig wie sie ihm.

Er ließ sich seine Enttäuschung jedoch nicht anmerken sondern sagte gespielt munter. „Ich habe überraschend ein paar Tage Freizeit gewonnen, da ich einen wichtigen Vertrag schneller abschließen konnte als vermutet. Da dachte ich vielleicht hast du Lust mit mir unseren Stadtbummel fortzusetzen. Schließlich ist Berlin riesig und du kennst es mindestens so gut wie ein Touristenführer. Darf ich dich auch heute wieder buchen? Ich zahle gern den doppelten Preis."

Er schaute sie dabei so treuherzig an, dass sie lachen musste. Doch sie gab zu bedenken. „Im Gegensatz zu dir habe ich keine freien Tage. Wenn ich dich also führen soll, musst du bis heute Mittag warten."

„Kein Problem", meinte er und grinste erleichtert. „Wann darf ich dich abholen? Selbe Zeit wie gestern?"

Pünktlich zur verabredeten Zeit war er wieder zur Stelle. Er stieg aus dem Auto und öffnete die Beifahrertür um Barnabas herauszulassen. Obwohl der Hund eigentlich viel zu groß für den sportlichen Flitzer war, fuhr er leidenschaftlich gerne mit und hatte sich einfach schnell ins Auto gequetscht. Zuerst wollte Jonah ihn wieder rausschicken, dann überlegte er es sich anders. Isabella mochte Tiere sehr, kein Wunder, wäre es ja ihre Berufung gewesen, ein Engel für Tiere zu sein. Vielleicht brachte Barney ja ihr Unterbewusstsein dazu, sich an ihre wahre Bestimmung zu erinnern.

Barney begann sofort damit die Nachrichten zu lesen, die seine hündischen Kumpels an den Bäumen hinterlassen hatten. Jonah ließ ihn gewähren, er wusste dass der Hund nicht weglaufen würde. Morgana hatte Barney ein Halsband angezogen und ihm eine Leine in die Hand gedrückt.

„In der Stadt ist es nicht gern gesehen, dass Hunde frei laufen", hatte sie ihm erklärt. „Auch wenn Barnabas es nicht schätzt in seiner Freiheit beschränkt zu werden ist es besser du führst ihn an der Leine."

„Komm her, Barney", rief er halblaut und der Hund

kam sofort zu ihm gelaufen. Als er die Leine am Halsband einklinkte, jaulte Barney empört auf.

„Tut mir leid, mein Freund, aber das muss sein", brummte er besänftigend und tätschelte den großen Hundekopf.

„Ich wusste gar nicht dass du einen Hund hast", erklang Isabellas Stimme hinter ihm. „Der ist ja riesig. Wie heißt er denn?"

Er drehte sich zu ihr um. „Das ist Barnabas, meist Barney genannt. „Er ist nicht mein Hund, sondern der von Freunden."

Isabella war vor Barney in die Hocke gegangen und hielt seinen Kopf zwischen ihren Händen. Er hechelte sie begeistert an und sie lachte. „Barnabas. Was für ein ungewöhnlicher Name für einen ungewöhnlichen Hund."

„Eigentlich wollte ich ihn nicht mitbringen. Aber er drängte sich an mir vorbei ins Auto und war nicht zu bewegen wieder auszusteigen. Er fährt für sein Leben gern Auto. Ich hoffe er bringt deinen Plan für den Nachmittag nicht durcheinander."

„Nein, er kann ruhig dabei sein. Ich will dir ein paar interessante, teils mystische Orte zeigen, die Touristen normalerweise nicht zu sehen bekommen. Ich hoffe du magst alte Gemäuer und gruselige Geschichten."

„Ich liebe alte Häuser mit Gruselgeschichten", antwortete Jonah lächelnd. „Es wundert mich nur ein wenig dass dir so etwas gefällt. Du bist eine modebewusste junge Frau und lebst in der Großstadt.

Da sind solche Interessen eher ungewöhnlich. Ich dachte, du interessierst dich mehr für Kino oder Disco."

Isabella schüttelte lachend den Kopf.

„Nein, im Grunde meines Herzens bin ich altmodisch. Behauptet zumindest mein Vater immer."

Ihr Lächeln schwand.

Jonah merkte sofort den leichten Gemütsumschwung und fand, das wäre eine gute Gelegenheit sie über Gregory Satorios auszufragen. Natürlich musste er dabei vorsichtig vorgehen, damit sie keinen Verdacht schöpfte. Aber darin war er geübt.

# Kapitel 10:  Satorios Versteck

Es waren wirklich interessante Bauwerke die Isabella ihm zeigte und die Geschichten, die sie darüber zu erzählen wusste, teils gruselig, teils aber auch amüsant. Die meisten dieser Häuser waren bewohnt, so dass sie sie nur von außen anschauen konnten. Da sie Barney dabei hatten, wären sie jedoch sowieso nicht hinein gekommen.

Es war bereits später Nachmittag als sie am letzten der vier Objekte ankamen, das auf Isabellas Liste standen. Sie hatte die Gebäude zwar danach ausgewählt dass alle in der Nähe der Altstadt lagen, dennoch mussten sie dazwischen längere Wege zurücklegen.

„Das wäre dann das letzte Gebäude für heute. Es ist einmal ein kleines Schloss gewesen, in dem sich so manches geheime Schäferstündchen abgespielt haben soll."

Sie setzte sich auf einen der großen Poller die vor dem Eingang standen und zog einen Schuh aus. Mit den Zehen wackelnd meinte sie: „Puh, ich habe die Länge der Strecke etwas unterschätzt. Tun dir auch die Füße weh?"

Barney nutzte es sofort aus dass sie auf seiner Höhe war und wollte ihr das Gesicht abschlecken. Jonah zog ihn zurück, doch Isabells Hand fuhr dem Hund liebkosend über den Kopf.

„Du bist bestimmt auch müde und durstig, Barney. Deshalb werden wir uns erst einmal in den Biergarten setzen, der hinter dem Schloss ist. Was meinst du, Jonah?"

Er war einverstanden, auch seine Füße taten vom langen laufen weh. Er war es nicht gewohnt so viel zu laufen. Doch er verkniff sich mannhaft den Schmerz. Im Biergarten war nicht viel Betrieb und sie suchten sich einen gemütlichen Platz aus. Nachdem sie beim Kellner bestellt hatte, begann Isabella damit Jonah die Geschichte des kleinen Schlösschens zu erzählen. Er hörte ihr nur halb zu und überlegte dass er seiner eigentlichen Absicht sie auszufragen noch keinen Schritt nähergekommen war.

Als ihr bestelltes Essen kam war Isabella gerade mit ihren Ausführungen fertig geworden. Barney kaute unterm Tisch genüsslich an einer dicken rohen Ochsenrippe mit Fleischresten dran, die ihm der Kellner gebracht hatte. Während sie aßen überlegte Jonah, wie er unauffällig das Gespräch auf Gregory Satorios lenken konnte. Da fing Isabella plötzlich von sich aus an von ihrem Vater zu sprechen.

„Wenn mein Vater wüsste dass ich den ganzen Mittag mit einem fremden Mann und einem Hund unterwegs war, würde er mir eine Standpauke halten", begann sie mit leicht gequält wirkendem Lächeln.

„So fremd sind wir uns doch nicht mehr, immerhin kennen wir uns schon einen Tag", erwiderte er in belustigtem Ton obwohl er aufhorchte. „Und was sollte er gegen einen harmlosen Hund einzuwenden haben?"

„Er hasst Hunde, aus welchem Grund auch immer. Und dich würde er auch hassen, so wie jeden anderen Mann der sich in meine Nähe wagt. Er hat schon mehrmals einen riesigen Stress gemacht wenn mich ein junger Mann nur angesehen hat. Du glaubst nicht wie peinlich das war, ich dachte, ich müsse vor Scham in den Erdboden versinken."

„Und wieso macht er sowas?" fragte Jonah, obwohl er die Antwort vermutlich besser kannte wie sie. Wenn Isabella die Braut die Satans werden sollte, musste sie unberührt bleiben. Es war sicher ein harter Job für Satorios die Unschuld seiner Pflegetochter zu beschützen. Obwohl das gar nicht nötig wäre, denn als Engel würde sie sich nur jemandem hingeben, den sie von ganzem Herzen liebte. Und es war mehr als unwahrscheinlich dass sie sich in einen Menschen verliebte. Doch das wusste der uralte Dämon nicht, weil Werte wie Reinheit und Liebe in seinem Weltbild nicht vorkamen. Er ging davon aus dass alle Lebewesen schlecht waren, genau wie er.

„Ich habe keine Ahnung", beantwortete Isabella seine Frage und schüttelte ratlos den Kopf.

„Er benimmt sich so seltsam seit ich aus dem Internat zurück bin. Das übrigens ein reines Mädchen-Internat war. Zudem war es so einsam gelegen, dass sich dort kaum einmal jemand hin verirrte."

„Na, immerhin lässt er dich das Büro führen und dort triffst du doch auch mal auf Männer. So wie auf mich zum Beispiel."

„Oh, hast du eine Ahnung. Du bist der Erste

überhaupt, der sich jemals in das Büro verirrt hat. Ich bin dort einsamer als auf einer unbewohnten Insel. Langsam glaube ich er hat das Büro einzig um mich dort von allem abzuschotten. Anfangs wollte er dass ich den ganzen Tag dort arbeite, dabei gibt es kaum etwas zu tun und ich kam fast um vor Langeweile. Schließlich hat er mir erlaubt dass ich nur am Vormittag im Büro sein muss, aber nur, wenn ich den Nachmittag damit verbringe eine alleinstehende alte Dame zu betreuen. Das habe ich auch einige Wochen gemacht, doch vor zwei Wochen kam sie ins Krankenhaus und danach ins Heim. Das konnte ich vor Vater bislang verheimlichen, sonst hätte er schon etwas Neues zu meiner Beschäftigung organisiert."

„Dann wundert es mich dass er dich überhaupt aus dem Haus lässt. Dort hätte er dich doch den ganzen Tag unter Beobachtung."

„Alles nur das nicht."

Sie hob abwehrend die Hände.

„Aber das würde er schon aus dem Grund nicht tun weil er selbst kaum einmal zu Hause ist. Er ist fast ständig unterwegs und oftmals mehrere Tage nicht daheim. Nur eine alte Haushälterin ist immer da und tagsüber auch noch zwei Frauen, die den Haushalt machen. Die Haushälterin hatte früher die Aufgabe, auf mich aufzupassen. Dann kam ich ins Internat aber seit ich nach dem Studium wieder zu Hause bin, passt sie erneut auf mich auf. Sie denken zwar ich merke es nicht und ich tu so, als würde ich es nicht bemerken. Ich halte mich die meiste Zeit in meinen

Zimmern auf, gehe nur zum Essen runter in die Küche."

Jonah schürzte beeindruckt die Lippen und hakte nach: „Du hast gleich mehrere Zimmer? Dann scheint dein Vater ja ein großes Haus zu besitzen."

Isabella schaute etwas verlegen, dann sagte sie: „Ja, es ist riesig, fast schon ein Schloss. Und es ist uralt. Ehrlich gesagt habe ich mich dort nie besonders wohl gefühlt. Es ist ein düsterer Bau und macht einen kalten seelenlosen Eindruck, wenn du weißt was ich meine. Nicht so wie das hier, dass einen freundlichen Eindruck hinterlässt."

„Und wo steht dieses Haus?" wolle Jonah wissen. Er fragte es in beiläufigem Ton, dabei brannte er vor Neugier.

Es wäre ein riesiger Fortschritt, wenn sie wüssten wo Satorios sich zumindest manchmal aufhielt. Bisher war er wie vom Erdboden verschwunden gewesen, dabei hielt er sich anscheinend schon seit mindestens zwei Jahrzehnten mitten in Deutschland auf.

Isabella wurde noch verlegener.

„Tut mir Leid, Jonah aber Vater hat mir streng verboten jemandem etwas über das Haus und seine Lage zu erzählen. Er sagt immer es sei zu meiner eigenen Sicherheit, wenn niemand weiß wo wir wohnen und begründet es damit, dass er Angst hätte ich würde gekidnappt, da er ein sehr reicher Mann ist."

Sie schaute an ihm vorbei und er sah ihr an dass sie nicht weiter über ihren Vater sprechen wollte.

Deshalb befand er es für besser erst einmal das Thema zu wechseln.

„Wie sieht es morgen bei dir aus?" wollte er wissen.

„Hast du noch Lust, mir weiter die Stadt zu zeigen? Ich hatte noch nie so eine interessante Führung erlebt. Ich lasse Barnabas auch zu Hause."

Der Hund unter dem Tisch jaulte leise auf als er seinen Namen hörte und Isabella meinte lachend: „Ach, von mir aus könnte Barney wieder mitkommen, er hat sich doch vorbildlich benommen. Leider sind Hunde aber in den meisten Museen verboten die ich kenne. Aber ich kann dir auch gern weiter die Stadt zeigen. Berlin ist so riesig, da kann man tagelang rumlaufen. Freie Zeit haben wir ja genug." Sie lächelte ihn an.


Jonah stand neben seinem Auto, Barnabas an der Leine, und winkte Isabella nochmal zu, die in ihrem kleinen Flitzer an ihnen vorbei fuhr und lachend zurückwinkte. Er wartete bis sie außer Sichtweite war, dann beeilte er sich zu der kleinen Baumgruppe zu laufen, von der aus er gut in den Himmel starten konnte.

„Flieg heim zu Morgana und Dante" befahl er Barney, der neben ihm lief. Der Hund jaulte auf, weil er lieber bei ihm bleiben wollte, doch Jonah konnte ihn bei dem was er vorhatte nicht gebrauchen.

„Na, mach schon, du darfst ein andermal wieder mit" versprach er und gab Barnabas einen Klaps auf den Rücken. Seine Jacke hatte er zuvor ins Auto gelegt, ebenso die Hundeleine. Er warf einen Blick nach oben zwischen die Baumwipfel und spannte seine Flügel aus. Dann stieß er sich ab und schoss in die Höhe, legte die Flügel nochmals eng an bis er durch die Lücke zwischen den Bäumen stieß, dann schwang er sich mit kräftigen Schlägen hoch in den Himmel. Barnabas, der ihm gefolgt war, sandte ihm noch ein paar bellende Laute hinterher, dann flog er in eine andere Richtung davon, heim zu seinen Leuten.

Hoch oben in den Wolken ließ sich Jonah eine Weile treiben, flog einen ausladenden Kreis. Seine Augen suchten nach dem kleinen knallroten Flitzer, in dem Isabella saß. Es dauerte nicht lange, dann hatte er ihn entdeckt und folgte ihm. Isabella fuhr ziemlich flott, doch für ihn war es nur ein mäßiges Tempo. Es bereitete ihm keine Mühe ihr zu folgen.

Satorios Haus befand sich ziemlich weit außerhalb der Stadt, stellte er verwundert fest als er Isabellas Auto schon fast eine Stunde verfolgte. Sie war von der Bundesstraße abgebogen und fuhr nun eine kleine, kaum befahrene Straße entlang, die teilweise durch dichten Wald führte. Um das kleine rote Auto unter den Baumkronen nicht aus den Augen zu verlieren, hielt Jonah sich dicht über den Wipfeln, nur ab und zu stieg er höher um sich einen besseren Überblick zu verschaffen.

Dabei entdeckte er in einiger Entfernung das mit dunklen Schieferschindeln gedeckte Dach eines Hauses zwischen hohen Bäumen. Dabei konnte es sich nur um Satorios Haus handeln, mutmaßte er. Ein ziemlich abgelegenes Versteck, an dem ihn niemand vermutete.

Wie zur Bestätigung seiner Überlegung bog unter ihm gerade Isabellas Auto in die geschotterte Zufahrt ein, die zum Haus hinführte.

Jonah erhob sich höher in den Himmel um zu schauen ob es noch weitere Häuser in der Umgebung gab, doch das war nicht der Fall. Satorios Schloss war das einzige weit und breit. Das Wort Schloss war nicht übertrieben für das mindestens zweihundert Jahre alte Gebäude. Es besaß mehrere Türmchen und zwei Stockwerke. Auf den ersten Blick wirkte es unbewohnt, ja sogar baufällig, aber das war vermutlich so gewollt.

Jonah beschloss sich das Anwesen aus der Nähe zu betrachten. Um nicht gesehen zu werden umrundete er das alte Gebäude und landete auf dessen Rückseite, wo das Unkraut und Gestrüpp teilweise fast bis zu den Fenstern hochwuchs. Ein Zeichen dass hier nie jemand hinkam und es daher unwahrscheinlich war, dass er entdeckt wurde.

Dennoch suchten seine Augen die hinteren Fenster gründlich ab. Sie waren alle dunkel, die unteren sogar mit blickdichten Vorhängen versehen. Außerdem waren sie mit stabilen Eisengittern versehen, die ein unbemerktes Eindringen erschwerten.

Jonah wollte sich gerade einen Weg durch das Gestrüpp bahnen um an die Vorderseite des Hauses zu gelangen, da flammte im oberen Stock Licht in zwei Fenstern auf. Gleich darauf wurden jedoch die Vorhänge zugezogen, so dass nur Schwärze zu sehen war. Immerhin wusste er nun schon wo sich Isabellas Zimmer befanden. Inzwischen war die Sonne untergegangen, doch richtig finster war es noch nicht. Er bahnte sich vorsichtig einen Weg dicht an der Hauswand entlang, damit er möglichst wenige Spuren hinterließ. Zwar hielt er es für unwahrscheinlich, dass ausgerechnet morgen jemand die Rückseite des Schlosses aufsuchte, doch er wollte jedem Zufall vorbeugen.

An der Ecke blieb er stehen und seine Augen suchten den Vorplatz ab. Auch hier machte alles einen verwilderten Eindruck, so als sei das Haus unbewohnt. Einzig die frisch geschotterte Einfahrt wollte nicht so ganz ins Bild der unbewohnten Schlossruine passen. Immerhin konnte man auf dem Schotter auch keine Reifenspuren sehen. Was Jonah zu der Frage bewog, wo Isabella eigentlich ihr Auto untergebracht hatte, es war nirgends zu sehen.

Nachdem er sicher war dass sich niemand vor dem Haus aufhielt wagte er sich hinter der Ecke vor, hielt sich aber dicht an der Hauswand. Es war jetzt fast ganz dunkel, doch das störte ihn nicht, seine Augen konnten alles gut erkennen. Deshalb fiel ihm auch sofort der Schuppen auf, der unter den tief hängenden Ästen mächtiger Kiefern verborgen stand. Mit einem Sprung, der für menschliche Augen zu schnell war, überwand er die Distanz und landete vor dem Schuppen.

Die große Holztür war nur angelehnt, Jonah öffnete sie einen Spalt und spähte hinein. Isabellas Auto stand darin, ansonsten war der Schuppen leer. Aber der Platz reichte für zwei weitere Autos aus.

Aus seiner neuen Position betrachtete Jonah das schlossähnliche Gemäuer. Es lag in völliger Dunkelheit, nichts deutete darauf hin dass es bewohnt war. Die Fenster waren alle hermetisch abgedichtet, so dass nicht der kleinste Lichtschein nach außen drang. Zudem ging von dem Haus ein so abweisender Eindruck aus, dass sich vermutlich kein Mensch wagte ihm zu nahe zu kommen.

Auf Jonah wirkte dieser Bann zwar nicht, doch spüren konnte er ihn.

Er fragte sich wie es wohl auf Isabella wirkte und erinnerte sich an ihre Aussage, sie möge das Haus nicht und fühle sich darin nicht wohl. Das wunderte ihn bei ihren sensiblen Engelsgefühlen nicht.

Gar zu gerne wäre er in das Haus eingedrungen und hätte sie in ihrem Zimmer aufgesucht. Doch hier auf der Erde hatte er einen Körper und der konnte leider nicht durch Wände gehen.

Unschlüssig stand er in der Dunkelheit und überlegte ob er heim zu Morgana und Dante fliegen sollte. Doch ein inneres Zögern hielt ihn ab. Erneut ließ er seine Augen über den dunklen Platz gleiten, hatte er etwas Wichtiges übersehen?

In einigem Abstand zu dem Gebäude fiel ihm ein leichtes Glänzen auf. Der Mond, dessen schmale Sichel hinter den dunklen Wolken kaum zu sehen war, spiegelte sich für einen Moment in einer kleinen Glasscheibe. Das genügte um ihm zu sagen dass dort noch ein weiteres Gebäude sein musste. Mit einem schnellen Sprung katapultierte er sich dort hin und stand vor einer kleinen Kapelle, die ebenfalls von ausladenden Zweigen alter Nadelbäume fast verdeckt wurde. Jonah konnte den starken Bann spüren, den der Dämon über die kleine Kapelle gelegt hatte. Bestimmt war noch niemandem der Hausbewohner aufgefallen, dass es sie überhaupt gab. Der Schutzbann diente aber vermutlich mehr Satorios selbst als den übrigen Hausbewohnern. Für ein teuflisches Wesen war ein religiöses Symbol eine Gefahr. Zumindest wenn es geweiht war. Und die kleine Kapelle war mit vielen christlichen Attributen ausgestattet, wie ihm ein Blick durch das kleine Fenster in der Tür bestätigte.

In dieser kleinen Kirche waren sicher schon einige christliche Rituale wie Taufen, Eheschließungen oder Totenmessen abgehalten worden. Dadurch war sie zu einem heiligen Ort geworden, den ein Dämon nicht betreten konnte.

Anders verhielt es sich mit der Kirche, die Satorios mit seiner Sekte nutzte. Sie war schon längst entweiht und alle christlichen Attribute waren daraus verschwunden. Sie stellte keine Gefahr für den Dämonenfürst und seine Anhänger mehr dar, bei lebendigem Leib in Flammen aufzugehen.

Jonah überlegte inwieweit er die Kapelle für Isabellas Rettung nutzen konnte, doch im Moment fiel ihm nichts dazu ein. Er würde sie aber auf jeden Fall im Gedächtnis behalten, man konnte ja nie wissen…

Da er nichts anderes tun konnte beschloss er nach Hause zu fliegen, um mit Morgana und Dante weitere Schritte zu besprechen. Er musste ihnen außerdem die genaue Lage von Satorios' Schloss mitteilen. Damit sie es auch ohne ihn finden konnten, wenn es notwendig würde.

Ohne sich nochmals zum Haus umzudrehen breitete er seine Flügel aus und stieß sich ab um in den Nachthimmel aufzusteigen. Deshalb sah er nicht den bleichen Fleck an einem der oberen Fenster.

Isabella hatte den dichten Vorhang ein kleines Stück zur Seite geschoben um noch ein wenig aus dem Fenster zu schauen. Sie liebte es den nächtlichen Wald zu beobachten. Im Mondschein, selbst wenn er nur von einer schmalen Mondsichel ausgestrahlt wurde, wirkte er geheimnisvoll.

Zuerst erschrak sie als plötzlich eine dunkle Gestalt auftauchte, die von großen weißen Flügeln in den Himmel katapultiert wurde. Ein Vogel? Nein, das konnte nicht sein, einen so großen Vogel gab es nicht. Auch keinen, der solch ungewöhnliche hellblonde lange Haare besaß.

Stumm sah sie hinterher und kurz darauf war die geflügelte Gestalt verschwunden.

„Was bist du nur für ein Wesen, Jonah Angelus?" murmelte sie leise und starrte in die Dunkelheit. „Auf jeden Fall kein Mensch."

## Kapitel 11: Enttarnt

Jonah wartete am nächsten Tag wieder pünktlich zu Isabellas Arbeitsende vor dem Büro. Er hatte sich noch lange mit Morgana und Dante beraten wie sie weiter vorgehen wollten. Die Beiden hatten sich heute auf den Weg gemacht um sich Satorios' Schloss genau anzusehen und es zu fotografieren. Isabella ließ sich heute Zeit, es war schon zehn Minuten nach Büroschluss und sie war noch nicht da. Er wollte schon über die Straße gehen um zu kleingeln, da öffnete sich die Tür. Sie stand einen Moment wie unschlüssig, dann kam sie auf ihn zu.

Sie sah blass aus und wirkte verunsichert, so als hätte sie einen Geist gesehen. Kurz vor ihm blieb sie stehen und sah ihn misstrauisch an. Es versetzte ihm einen Schlag sie so zu sehen, und er fragte sich was geschehen war. Es hatte mit ihm zu tun, soviel war sicher, aber er wusste nicht was er falschgemacht hatte.

„Geht es dir nicht gut?" fragte er besorgt und wollte ihr die Hand auf den Arm legen. Doch sie zuckte zurück, so als hätte sie Angst vor ihm. Schließlich holte sie tief Luft und schaute ihm fest in die Augen. „Ich muss mit dir reden, es ist wichtig", sagte sie knapp. Er nickte stumm, dann deutete er auf sein Auto. „Wollen wir uns reinsetzen oder möchtest du irgendwo hin? Einen Kaffee trinken vielleicht?"

Isabella schüttelte den Kopf. „Ich möchte nicht dass uns jemand zuhört. Es ist sehr… persönlich und verwirrend, was ich dir zu sagen habe."

Jonah öffnete die Autotür, ließ sie einsteigen. Nachdem er selbst eingestiegen war blickte er sie fragend an.

„Ich weiß gar nicht wie ich beginnen soll." Isabella starrte einen Moment durch die Windschutzscheibe, dann sah sie ihm entschlossen ins Gesicht. „Was bist du? Kein Mensch, soviel ist sicher..."

Er hielt ihrem Blick stand und antwortete mit einer Gegenfrage: „Was bin ich deiner Meinung nach, wenn kein Mensch? Was ist an mir nicht menschlich?" Er überlegte fieberhaft was sie über ihn herausbekommen hatte und wie weit er sich outen konnte, dann entschloss er sich für die Wahrheit. Sie musste früher oder später sowieso erfahren was er war, warum also nicht jetzt.

„Oh, dein Aussehen ist menschlich – jetzt wieder. Doch als ich dich gestern Abend sah, hattest du riesige weiße Flügel und stiegst geradewegs in den Himmel auf."

Vor Verblüffung blieb er einen Moment stumm, fing sich aber schnell wieder. „Wo hast du mich gesehen?"

„Gestern Abend, von meinem Fenster aus. Ich schaue öfter abends aus meinem Fenster über den dunklen Wald. Da sah ich dich, du stiegst wie ein Riesenvogel in den Himmel auf und warst kurz darauf verschwunden. Ich dachte zuerst ich halluziniere, doch ich habe dich deutlich gesehen. Deshalb sage mir wer du bist, was du bist. Und was du von mir willst."

Jonah hielt ihrem Blick weiterhin stand und lockerte langsam den Zauber, der ihn auf Menschen menschlich wirken ließ. Am erschrockenen Aufflackern ihrer Augen erkannte er, dass sie ihn plötzlich als mystisches Wesen erkannte. Die plötzliche Angst in ihrem Gesicht versetzte ihm einen Stich ins Herz.

„Du musst keine Angst vor mir haben, ich gehöre zu den Guten", versicherte er ihr mit leichtem Lächeln. Ernst fuhr er fort: „Ich bin ein Engel, Isabella."
„Ein Engel? Aha, na klar, deshalb die Flügel. Wo hast du die eigentlich versteckt?" Sie blickte auf seinen Rücken, den er allerdings in den Autositz drückte.
„Das erkläre ich dir gerne später, das und vieles mehr. Aber wir sollten uns dazu einen gemütlicheren Ort als dieses Auto aussuchen. Was ich dir zu sagen habe ist nicht in ein paar Minuten erklärt und für dich sicher nicht leicht zu verarbeiten. Deshalb würde ich dir vorschlagen unser Gespräch an einem Ort deiner Wahl fortzuführen. Was schlägst du vor?"
Isabella überlegte einen Moment, dann schlug sie den Zoo vor. „Dort finden wir sicher einen Platz an dem wir uns ungestört unterhalten können. Außerdem beruhigt mich die Anwesenheit der Tiere immer am besten."
„Den Grund dafür kann ich dir ebenfalls erklären."
Jonah atmete leicht auf dass sie bereit war ihn anzuhören. Eine menschliche Frau hätte sicher hysterisch darauf reagiert, zu erfahren, dass sie neben einem leibhaftigen Engel saß.

Er startete den Motor und fuhr los. Aus dem Augenwinkel sah er dass Isabella nervös mit dem Tragegurt ihrer Handtasche spielte. Dabei starrte sie geistesabwesend durch die Windschutzscheibe.

Die Fahrt verlief schweigend, jeder hing seinen eigenen Gedanken nach. Erst als sie auf dem Parkplatz vorm Zoo anhielten wandte Jonah sich ihr zu. „Danke, dass du mir soweit vertraust und dir meine Erklärungen anhören willst, ich weiß wie schwer das für dich sein muss."
„Sie lächelte bitter und fragte: „Bleibt mir etwas anderes übrig? Schließlich habe ich dich mit eigenen Augen fliegen sehen. Wer würde dafür keine Erklärung hören wollen?"
Er musste ihr Recht geben. Mit einem Seufzer stieg er aus dem Auto und umrundete es so schnell, dass er ihre Tür öffnen konnte bevor sie es tat. Sie hob erstaunt eine Augenbraue, sagte aber nichts sondern stieg aus. Gemeinsam gingen sie zum Kassenhäuschen und durchs Drehgitter. Jonah überließ es ihr die Richtung zu wählen, sie schlug den Weg zu den Raubtieren ein. Vor dem Freigehege der Tiger setzten sie sich auf eine Bank, die im Schatten eines Baumes stand. Hier waren kaum Leute, nur ab und zu lief mal jemand an ihnen vorbei ohne sie zu beachten.
„Ist das auch dein Werk?" Sie sah kurz in sein Gesicht und deutete auf die weite Anlage. „Kein Mensch steht vor dem Gehege, obwohl der Zoo voller Besucher ist."

Er musste Grinsen weil ihr das sofort aufgefallen war, wurde aber gleich wieder ernst. „Du wolltest doch keine heimlichen Zuhörer. Da hab ich mir erlaubt den Weg mit einer unsichtbaren Sperre zu versehen. Ich kann es aber auch wieder rückgängig machen…"

„Nein, so ist es mir lieber", meinte sie mit schwacher Stimme. „Es fällt mir schwer genug mich auf dich zu konzentrieren. Also, würdest du bitte anfangen mir zu erklären. Du bist also ein Engel… Wie soll ich mir das vorstellen?"

Jonah schaute sie verblüfft an. „Du hast doch schon von Engeln gehört, oder? Jeder Mensch kennt Engel. Wir werden in allen Religionen erwähnt."

„Ich gehöre keiner Religion an, hatte ich das nicht schon erwähnt? Mein Vater hat mich sorgfältig von allem abgeschirmt, was mit Religion zu tun hatte. Deswegen steckte er mich in dieses Internat. Dort wurden nur weltliche Fächer gelehrt."

„Aber er ist doch Begründer dieser Sekte, da muss er dir doch die grundlegenden Glaubensaspekte nahegebracht haben. Schließlich arbeitest du für seine Kirche."

Isabella verzog einen Moment bitter lächelnd den Mund. Dann schüttelte sie den Kopf. „Ich habe rein gar nichts mit dieser Sekte zu tun. Das Büro dient nur dazu mich zu beschäftigen. Ein bisschen Buchführung und wenig Schriftverkehr, mehr habe ich nicht zu tun. Es soll ja auch nicht für immer sein, Vater hat mir bereits eine Stelle in einem Forschungsinstitut besorgt in dem ich mit Tieren arbeiten kann. Er pflegt sehr guten Kontakt zum Chef des Unternehmens und hat mir bereits einen Termin für ein Vorstellungsgespräch ausgemacht. "

Er wird den Teufel tun dir deinen Berufswunsch zu erfüllen, dachte Jonah bei sich, sprach es aber nicht aus. Wie er heraushörte schien das Verhältnis zwischen Satorios und seiner Tochter doch nicht allzu innig zu sein. Aber eigentlich konnte man auch kein inniges Verhältnis von einem Dämon erwarten. Gregory Satorios hatte Isabella nicht großgezogen weil er Mitleid mit einem armen Waisenkind hatte. Er wollte sie für Satan zu einer perfekten Braut erziehen. Nur aus dem Grund hatte er versucht sie von allem Weltlichen fernzuhalten, besonders von Religionen und von Männern. Besonders erfolgreich war dieser Versuch allerdings nicht verlaufen, denn Isabella entwickelte mehr Eigenständigkeit als Satorios ahnte und lieb sein konnte. Schließlich hatte er ja auch extra das Büro gemietet um Isabella bis zu jenem Tag an dem er sie Satan zuführen konnte beschäftigen und so besser unter seinem Einfluss halten zu können.

Jonah konnte sich eine gewisse Genugtuung nicht verkneifen, wenn er daran dachte wie anstrengend die vergangenen Jahre für den alten Dämon gewesen sein mussten, in denen er einen geraubten Engel im Körper eines Kindes an seiner Seite dulden musste. Satorios, der zu keinen Gefühlen außer zu Hass fähig war, hatte Zuneigung heucheln müssen zu einem

Wesen, dass er zutiefst verabscheute und dessen Reinheit ihm zuwider war. Wohl deshalb hatte er Isabellas Erziehung weitestgehend in die Hände von Hausangestellten gelegt und sie später ins Internat abgeschoben.

„Wann soll dieses Vorstellungsgespräch denn sein?" nahm Jonah den Faden wieder auf. Er vermutete dass dies der Termin war, der für Isabella in der Hölle enden sollte."

„Erst in etwa drei Wochen, also nächsten Monat, das genaue Datum konnte er mir noch nicht sagen."

Sie sah ihn von der Seite an und erinnerte:

„Eigentlich wollten wir über dich sprechen, nicht über mich. Weshalb interessierst ausgerechnet du, ein Engel, dich für mich? Und sage mir nicht du hättest mich zufällig gesehen und dich in mich verliebt. Das glaube ich dir nicht. Was also willst du von mir?"

Sie hielt dem Blick seiner Augen stand als er sie lange anblickte. Dann nickte er und begann zu sprechen.

„Eigentlich ist es aber tatsächlich so, dass ich dich durch Zufall traf." Er hob beschwichtigend die Hand als sie etwas sagen wollte und fuhr fort: „Mein Auftrag lautete, die Sekte der neuen Himmelsboten genauer unter die Lupe zu nehmen. Uns wurde mitgeteilt, …"

„Wer gab dir diesen Auftrag und warum?" unterbrach sie ihn leise.

„Nun äh, der himmlische Rat. Bei uns läuft es ähnlich ab wie hier auf der Erde. Die einen geben Aufträge und die anderen führen sie aus. Ich bin ein Krieger-engel und meine Aufgabe ist es unter anderem, Sekten wie die neuen Himmelsboten, zu kontrollieren."

„Aber warum? Nur weil diese Gemeinschaft andere Wege geht wie die anerkannten Religionen sind es doch keine schlechteren Menschen. Sie tun nichts Unrechtes und bringen niemanden um, warum also dieses Interesse?"

Ein Seufzer entrang sich Jonahs Brust als er antwortete:

„Es ist nicht wirklich die Sekte die uns interessiert, sondern eher ihr Begründer, Gregory Satorios…"

„Mein Vater? Aber wieso?"

„Dein Vater ist kein gewöhnlicher Mensch, Isabella. Er ist überhaupt kein Mensch, genau wie ich und…" Sie ließ ihn nicht ausreden. „Willst du mir sagen er sei ebenfalls ein Engel? Das kann ich nicht glauben."

Sehr ernst erwiderte er. „Nein, das ist er gewiss nicht, obwohl er vor sehr langer Zeit einer war. Aber er hat sich gegen Gott und für Satan entschieden. Er ist ein Dämon, Isabella, der schlimmste Dämon überhaupt - und die rechte Hand des Teufels."

Ihre wunderschönen Augen weiteten sich in namenlosem Schrecken als sie ihn anstarrte. Ungläubig schüttelte sie den Kopf. „Das ist doch verrückt. Du bist verrückt, was erzählst du mir für wirres Zeug. Engel, Dämonen, Satan… Das sind doch alles Fabelwesen, die gibt es gar nicht."

„Aber du hast meine Flügel erkannt und mich fliegen sehen. Und jetzt sitze ich neben dir. Sehe ich aus wie ein Fabelwesen? Es gibt das alles wirklich, Isabella. Nur können es Menschen nicht erkennen."

„Ach, dann bin ich etwa auch kein Mensch? Weil ich deine Flügel und dich fliegen gesehen habe? Was bin ich dann, etwa auch ein Dämon?" Herausfordernd blitzten ihn ihre Augen an.

Nach einem erneuten tiefen Seufzer schüttelte Jonah den Kopf und starrte entschlossen zurück. „Nein, du bist kein Dämon. Du bist ein Engel, Isabella, genau wie ich."

Bevor sie erneut etwas sagen konnte, begann er zu erzählen. Wahrheitsgetreu berichtete er ihr alles, was er bisher über sie erfahren hatte. Auch alles, was er über Satorios wusste. Sie saß neben ihm und rührte sich nicht, hörte ihm stumm zu, während ihr Tränen unaufhörlich die Wangen herunterliefen.

Ganz zum Schluss, als es nichts mehr zu erzählen gab, legte Jonah ihr sanft den Arm um die Schulter, mit der anderen Hand drehte er ihr Gesicht in seine Richtung, so dass sie ihn anschauen musste.

„In einem hast du aber Recht", bekannte er leise und sah ihr in die Augen. „ich habe mich wirklich in dich verliebt."

Isabella sah ihn nur stumm an. In ihrem Gehirn tobte ein Sturm unterschiedlichster Gefühle. Es gelang ihr nicht einen klaren Gedanken zu fassen. Sie hörte zwar Jonahs Geständnis, doch für sie waren es nur Worte. Nur eines wurde ihr deutlich: Sie musste weg. Weg von Jonah, weg von dem Unglaublichen, dass er über sie und ihren Vater erzählt hatte.

Am liebsten wäre sie vor ihrem ganzen Leben davonlaufen. Mit den letzten Resten klaren Willens stand sie auf und machte einen Schritt zurück. Sie brauchte erst einmal Abstand um wieder klar denken zu können. Genau das sagte sie ihm jetzt und bat ihn sie weder aufzuhalten, noch ihr zu folgen. Ihr verlorener Gesichtsausdruck rührte ihn tief in der Seele, am liebsten hätte er sie in seine Arme gerissen und nie mehr losgelassen. Doch er rührte sich nicht und nickte nur stumm. Schließlich raffte er sich doch zu einer Bitte an sie auf.

„Versprich mir über alles nachzudenken, sobald du etwas zur Ruhe gekommen bist. Tu bitte nichts Unüberlegtes und wenn du deinen Vater triffst, so erzähle ihm nichts von dem, was ich dir anvertraut habe. Am besten wäre es du würdest sein Anwesen meiden und sofort mit mir kommen. Nur so kann ich dir Schutz gewähren."

Doch sie schüttelte kategorisch den Kopf. „Nein, auf keinen Fall, ich muss das alles ganz allein mit mir ausmachen. Aber du brauchst dich um mich nicht zu sorgen, denn mein …Vater" - es fiel ihr sichtlich schwer das Wort auszusprechen - „ist nicht da.

Er wird frühestens in einer Woche zurückkehren. Ich werde mich bei dir melden sobald ich Klarheit darüber habe wie es weitergehen soll."

„Versprochen?" fragte er leise aber sehr ernst.

Sie nickte. „Versprochen.

# Kapitel 12: Ein riskantes Versprechen

Isabella fuhr die Auffahrt zum Haus hinauf und hielt vor der Garage an. Eine Weile blieb sie einfach sitzen und starrte die hölzerne Wand an, ohne sie zu sehen. In ihrem Kopf schwirrten noch immer die Gedanken. Nachdem sie Jonah im Zoo zurückgelassen hatte war sie den Weg zurück zu ihrem Auto, das noch in der Nähe des Büros stand, gelaufen. Sie hatte gehofft durch das Gehen den Kopf freizubekommen, was jedoch nicht der Fall war. Auch die lange Fahrt bis nach Hause hatte nichts geändert und sie war froh, dass sie überhaupt heil hier angekommen war. Sie fühlte sich wie ein Roboter, der einfach das tat was ihm einprogrammiert wurde.

Nun stand sie vor der Garage und wusste nicht ob sie ihr Auto darin abstellen, oder lieber so schnell als möglich von hier verschwinden sollte. Sie konnte einfach nicht glauben was Jonah ihr erzählt hatte, über ihren Vater, über sie selbst und über sich. Und obwohl sie nichts davon glauben wollte wusste sie doch tief im Herzen, dass er die Wahrheit gesagt hatte.

Sie ließ den Kopf aufs Lenkrad sinken und schloss die Augen. Was sollte sie jetzt nur tun? Hierbleiben konnte sie nicht, das hatte ihr Jonah eindringlich auszureden versucht. Und inzwischen war sie selbst zu der Erkenntnis gekommen, dass das keine gute Idee war. Aber zumindest wollte sie einige Sachen packen, die sie brauchen würde. Viel ging in ihren kleinen Wagen nicht rein, sie musste also sorgfältig überlegen was sie mitnehmen wollte. Wichtig war vor allem dass sie das Bargeld mitnahm, das sie zusammengespart und sorgfältig versteckt hatte. Ein eigenes Konto hatte ihr Vater ihr nicht eingerichtet, sondern ihr immer nur so viel Bargeld gegeben, damit sie sich kleine Dinge des täglichen Gebrauchs kaufen konnte. Er hatte sich zwar stets großzügig gezeigt wenn sie sich Kleidung, Schuhe oder Accessoires kaufte, aber immer darauf bestanden dass sie aus Katalogen kaufte. Sie hatte sich lange keine Gedanken darüber gemacht weshalb er das tat. Als sie ihn doch einmal danach gefragt hatte, hatte er ihr erklärt, als seine Tochter sei sie gefährdet gekidnappt zu werden, da er so ein reicher Mann sei. Deshalb wäre es besser niemand solle von ihr erfahren. Sie hatte ihm geglaubt und ein einsames Leben geführt, damit er sich um sie keine Sorgen machen sollte.

Mein Gott, was war ich naiv gewesen, ging es ihr durch den Sinn. Ich habe tatsächlich geglaubt dass er mich wie eine Tochter liebt. Warum ist mir nie aufgefallen dass er zu Liebe gar nicht fähig ist?

Warum hatte sie nie nachgefragt weshalb er sie adoptiert hatte? War das überhaupt so gewesen? Vermutlich nicht. Sie konnte sich nicht zurückerinnern, wie das damals gewesen war als sie zu ihm gekommen war, wusste nur das, was er ihr erzählt hatte.

Ihr wurde bewusst dass sie noch immer im Auto saß und durch die Scheibe starrte. Sie musste etwas tun, schließlich konnte sie nicht die ganze Nacht hier sitzen und grübeln. Deshalb gab sie sich einen Ruck und stieg aus. Sie würde das Auto vor der Garage stehen lassen, damit sie später gleich abfahren konnte.

Entschlossen ging sie auf das alte Haus zu und schloss die Tür auf. Wie immer schien sie das alte Gebäude erdrücken zu wollen, als sie den düsteren Flur entlang zur Treppe lief. Nein, diesen alten Kasten würde sie nicht vermissen, sie hatte das düstere Gemäuer nie gemocht.

Wie immer, wenn sie heimkam, öffnete sich die Küchentür und die alte Haushälterin warf ihr einen prüfenden strengen Blick zu. Sie sagte aber nichts und knallte die Tür gleich wieder zu.

Leise seufzend stieg Isabella die Treppe hoch. Auch den alten Drachen würde sie nicht vermissen. Plötzlich konnte sie sich gar nicht mehr vorstellen, dass sie es so lange hier ausgehalten hatte.

Eilig rannte sie die letzten Stufen hoch und schloss die Tür ihres Zimmers auf. Zuckend flammte die Deckenlampe auf und hüllte den Raum in gedämpftes Licht. Wie jeden Tag ging sie zum Fenster um den schweren Rollo runter zu lassen. Auch eine Forderung ihres Vaters. Niemand sollte bemerken dass das alte Herrenhaus mitten im Wald bewohnt war. Dabei verirrte sich sowieso niemand hierher.

Unschlüssig sah sie sich im Zimmer um, dann ging sie zum Schrank und öffnete die Türen, nahm ihren Koffer und zwei Reisetaschen heraus. Nach kurzem Überlegen warf sie Unterwäsche, Nachthemden und

Oberbekleidung in den Koffer und befüllte noch eine Tasche mit allem, von dem sie dachte, dass sie es brauchen würde.

So, das musste reichen, überlegte sie und legte die zweite Reisetasche in den Schrank zurück. Mehr würde sie nicht in ihr kleines Auto bringen.

Mit Koffer und Tasche bepackt verließ sie leise ihr Zimmer und ließ den Schlüssel im Schloss stecken. Sie würde ihn nicht mehr benötigen, denn sie würde nie mehr hierher zurückkehren. So leise es ihr möglich war, lief sie die Stufen hinab, verharrte jedes Mal lauschend, wenn eine der uralten Holzstiegen laut knarrte. Doch die alte Haushälterin schien nichts zu hören, vermutlich saß sie vor dem Fernseher.

Eilig durchquerte Isabella den dunklen Flur und atmete auf als sie unbemerkt die Haustür erreicht hatte. Sachte drückte sie die Klinke nieder und öffnete die Tür, um mit ihrer Last das Haus endgültig zu verlassen.

„Isabella, wo willst du so spät nochmal hin? Und wieso hast du so viel Gepäck dabei? Willst du mich etwa verlassen?"

Noch nie hatte die Stimme ihres Vaters so hämisch geklungen und noch nie hatte er sie aus so seelenlosen toten Augen angeblickt. Vor Schreck prallte sie zurück und ließ das Gepäck fallen. Er lachte böse.

„Ich kann es nicht zulassen dass du mich verlässt", gab er ihr kalt zu verstehen. „Geh sofort auf dein Zimmer und warte dort auf mich."

Er drehte sich um und befahl einer dunklen Gestalt, die im Hof wartete: „Boris, trag der jungen Dame das Gepäck aufs Zimmer. Und warte dann vor ihrer Tür auf mich. Wir wollen doch nicht dass unser Engelchen wegfliegt. Sie wird schließlich noch ganz dringend gebraucht."

Unschlüssig, was er tun sollte, schaute Jonah Isabella hinterher. Alles in ihm drängte danach, ihr zu folgen, doch sie hatte es sich energisch verbeten und ihm angedroht, nie mehr mit ihm zu sprechen, sollte er ihr erneut folgen.

Es hatte ihn etwas beruhigt als sie die Absicht äußerte Satorios Haus zu verlassen, nachdem sie einige Dinge zusammengepackt hätte. Genauso wie ihre Versicherung er würde frühestens in einer Woche zurückkehren. Dennoch war ihm mulmig zumute und er musste sich beherrschen ihr nicht nachzufliegen.

Nachdenklich verließ er den Zoo und ging zu seinem Auto. Er würde zu Dante und Morgana zurückkehren um mit ihnen die Neuigkeiten sowie die nächsten Schritte zu besprechen. Mit dem Auto wäre er zu lange unterwegs, deshalb stellte er es auf einem Parkplatz außerhalb der Stadt ab und flog die Strecke.

Es tat ihm gut mit kräftigen Schwingenschlägen hoch über den Wolken die Luft zu teilen, doch wirklich genießen konnte er den Flug nicht. Zu viele Gedanken schwirrten durch seinen Kopf.

Ein verführerischer Duft empfing ihn, Morgana hatte gekocht. Das Wasser lief ihm im Mund zusammen und sein Magen knurrte laut. Die Vorfreude auf ein gutes Essen verdrängte für kurze Zeit seine nagenden Sorgen. Wie immer wurde er stürmisch von Barnabas begrüßt, lachend ließ er es über sich ergehen. Gemeinsam betraten sie danach die Küche. Morgana drehte sich lächelnd zu ihm um. „Dachte ich's mir doch, dass du zum Essen kommst und habe gleich mehr gekocht. Es dauert noch ein paar Minuten. Setz dich solange ins Wohnzimmer zu Dante."

Jonah betrat das Wohnzimmer, gefolgt von Barnabas, der sofort auf das Sofa sprang und es sich mit einem Seufzer gemütlich machte. Dante schaute von seinem Buch auf und nickte Jonah zu.

„Setz dich auf den Sessel, der ist frei von Hunde-haaren weil das Riesenkalb dort nicht reinkommt", meinte er mit einem Grinsen. „Was gibt es Neues? Wollest du nicht in Berlin bleiben?"

„Ich erzähl es später, nach dem Essen." Müde ließ Jonah sich in den Sessel sinken und streckte die langen Beine von sich. „Gibt es bei euch was Neues?"

„Nein, nichts Besonderes. Die Aktivitäten der Sekte der neuen Himmelsboten sind gleich Null. Die Gruppe hat sich totgelaufen noch ehe sie richtig be-gonnen haben. Ein paar Mitglieder trafen sich zwar vor der Kirche, doch die blieb verschlossen. Ist schon seltsam. Und Satorios scheint wie vom Erdboden verschwunden."

„Hoffentlich bleibt er es auch noch eine Weile", murmelte Jonah. „Wenn er jetzt auftauchen würde, wäre das nicht so günstig."

„Essen ist fertig", rief Morgana aus der Küche und die beiden Männer standen auf und gingen zum Essplatz. Auch Barnabas erhob sich gähnend und folgte ihnen. Er war es gewohnt, dass er seinen Anteil vom Essen bekam.

„Zum Glück hat er keine Probleme mit der Verdauung und braucht nie einen Tierarzt", sagte Morgana lachend als der Hund geräuschvoll seinen Napf leerte.

Nach dem Essen begann Jonah zu erzählen und die beiden Engel hörten konzentriert zu, ohne ihn zu unterbrechen. „Ich kann mir nicht helfen, aber ich fürchte es war ein Fehler Isabellas Wunsch zu respektieren, sie nicht zu observieren. Eigentlich war es auch kein Wunsch sondern eher ein unmissverständlicher Befehl. Trotzdem…"

Er schwieg einen Moment, dann fragte er: „Wart ihr dort? Habt ihr das Haus im Wald gefunden?"

Dante verdrehte stumm die Augen ehe er ihm in mildem Ton antwortete:

„Selbstverständlich waren wir dort, wir sind schließlich keine Anfänger in unserem Geschäft. Und Morgana hat das Gebäude von allen Seiten fotografiert, auch von oben. Auf dem Dach entdeckten wir dabei eine Luke, durch die man ohne viel Aufhebens ins Haus kommt. Natürlich nur wenn man fliegen kann, denn sonst ist ein Rankommen unmöglich. Vermutlich ist die Luke für den Schornsteinfeger, damit er von innen aufs Dach steigen kann, denn sie befindet sich direkt neben dem Kamin. Aber sie lässt sich auch problemlos von außen öffnen, wir haben es ausprobiert."

„Gut zu wissen", brummte Jonah. „Vielleicht sollte ich zurückfliegen und mir Zugang zum Haus verschaffen."

„Und riskieren dass sie dich wegschickt und nie mehr mit dir zu tun haben will? Du hast ihr das Versprechen gegeben zu warten bis sie dich ruft. Du hast ihr Vertrauen noch nicht erworben, wenn du plötzlich bei ihr auftauchst wird sie dir niemals trauen. Nein, warte lieber ein, zwei Tage bis sie all das verinnerlicht hat, was du ihr erzähltest. Sie ist im Moment nicht in Gefahr, da Satorios noch eine Woche weg ist. Also bleibe ruhig und warte auf ihren Anruf."

Es war Morgana, die eindringlich auf ihn einsprach. Er schaute ihr ernst ins Gesicht, dann nickte er.

„Du hast ja Recht und ich werde mich gedulden, auch wenn es mir schwerfällt. Hoffentlich ruft sie bald an…"

Sein Wunsch ging schneller in Erfüllung als er gedacht hätte. Isabella rief schon am nächsten Morgen an. Ihre Stimme klang müde und so als hätte sie geweint. Er war sofort alarmiert.

„Ist etwas geschehen?", fragte er besorgt. „Soll ich dich abholen?"

Einen Moment war Schweigen in der Leitung, dann hörte er ein leises Schluchzen. Es zog ihm das Herz zusammen, am liebsten wäre er sofort losgeflogen. Doch sie stammelte mit tränenerstickter Stimme.

„Nein…, äh, ich meine, lieber später. Ich muss noch…"

Erneut hörte er sie schniefen, doch da war noch etwas anderes zu hören. Ein leises Zischeln, so als würde ihr jemand etwas zuflüstern. Leider konnte er durchs Handy nicht klarer hören, da nützte auch sein ausgezeichnetes Gehör nichts.

„Bist du alleine, Isabella, oder ist jemand bei dir?" wollte er wissen und fügte schnell hinzu: „Es genügt wenn du mit ja oder nein antwortest."

„…nein, es ist niemand bei mir", sie klang nicht sehr überzeugend, doch er hakte nicht nach. Reden konnten sie noch genug wenn er sie abgeholt hatte und sie bei sich in Sicherheit wusste. Er ärgerte sich dass er nachgegeben und ihr das Versprechen gegeben hatte. Besser wäre es gewesen, sie mit seinen Engelskräften umzustimmen. Doch jetzt war es müßig sich darüber zu ärgern.

„Bist du noch im Haus deines Vaters?" wollte er wissen und hörte ein dünnes „ja"

„Dann bleib wo du bist, ich komme so schnell ich kann." Ihm fiel noch etwas ein und er fragte nach.

„Warum fährst du nicht mit deinem Auto, so wie du es vorhattest?"

„Es äh, es springt nicht an", wisperte sie fast unhörbar. „Deswegen rufe ich dich ja an…"

Jonah sprach ihr beruhigend zu und versicherte er käme so schnell als möglich. Nachdenklich blickte er auf das Handy, nachdem sie das Gespräch beendet hatten. Was sollte er davon halten? Er hätte schwören können im Hintergrund eine leise Stimme gehört zu haben.

Was, wenn Satorios doch schon eher zurückgekommen war? Doch Isabella hatte ihm versichert ihr Vater wäre noch nie früher von einer Geschäftsreise zurückgekehrt, eher später. Warum sollte er also ausgerechnet diesmal mit seinen Gewohnheiten brechen.

Er überlegte kurz, dann ging er nach unten um seine Freunde über das kurze Telefonat zu informieren.

„Und was willst du jetzt tun?" fragte Dante ihn, obwohl er es sich denken konnte.

„Na hinfliegen und Isabella abholen" war die erwartete Antwort. Dante nickte nachdenklich.

„Du solltest sie herbringen, bei uns ist sie am sichersten. Die Schergen der Hölle haben uns hier noch nie besucht weil es uns gelungen ist, das Haus über sechshundert Jahre vor ihnen geheim zu halten."

„Dann sollte ich Isabella vielleicht doch wo anders unterbringen, damit das auch weiterhin so bleibt. Wir haben es mit Satorios zu tun, nicht mit irgendwelchen gewöhnlichen Teufeln. Du weißt wie gerissen er ist und wie gnadenlos in der Durchsetzung seiner Pläne. Isabella ist sein größter Schatz, noch nie zuvor ist es gelungen eine hochgestellte Engelin zu rauben und zu einer Braut des Satans zu erziehen. Deswegen wird er alles tun sie bis zu ihrer Vermählung mit Satan in seiner Gewalt zu behalten."

Dante starrte ihn einen Moment nachdenklich an, dann fragte er: „Aber wo willst du sonst mit ihr hin?

In Berlin bleiben ist zu gefährlich. Das ist zwar eine Riesenstadt mit tausenden Versteckmöglichkeiten. Aber dort hat Satorios vermutlich auch jede Menge Spitzel, die er auf euch ansetzen könnte."

Darüber hatte Jonah auch schon nachgedacht.

„Ja, ich weiß" gab er einsilbig Antwort. „Aber irgendwohin muss ich sie ja bringen."

„Warum bringst du sie nicht gleich hinauf in unser aller Heimat?", mischte sich Morgana ein und deutete nach oben. „Wäre sie dort nicht am besten aufgehoben?"

Dante und Jonah sahen sie sprachlos an. Natürlich, warum waren sie nicht schon längst darauf gekommen, dabei war es doch so simpel.

Einige Zeit später machte sich Jonah auf den Flug. Er ließ sich dabei Zeit, denn sie waren übereingekommen dass er Isabella erst in der Nacht abholen würde. Während des Tages musste er mit der Anwesenheit der Haushälterin und der Köchin rechnen. Da die Haushälterin sich laut Isabella wie ein Wachhund aufführte, konnte sie kaum ungesehen mit Gepäck aus dem Haus gehen.

Und die Luke auf dem Dach war sehr klein, wie er auf den Fotos gesehen hatte die Morgana gemacht hatte. Gerade so groß dass ein Mann durchpasste. Mit Isabella samt ihren Koffern durch diese Luke zu fliehen war vermutlich nicht machbar.

In der Nacht war es einfacher. Er würde den Schlaf der beiden älteren Frauen so vertiefen, dass sie nichts mitbekamen, dann konnte er das Haus mit Isabella ganz normal durch die Tür verlassen. Eigentlich war alles doch ganz einfach. Zu einfach.

# Kapitel 13: Rettung oder Falle?

Es war bereits Nachmittag als Jonah an seinem Auto ankam, doch immer noch zu früh um Isabella abzuholen. Deshalb setzte er sich erst einmal in den Wagen, holte sein Handy heraus und drückte ihre Nummer. Sie war sofort dran, so als habe sie seinen Anruf erwartet.

Obwohl sie nur „ja" sagte hörte er Mutlosigkeit in ihrer Stimme. Kein Wunder, dachte er, sie erwartete ihn ja schon längst. In beruhigendem Ton erklärte er ihr weshalb er erst in der Nacht kommen würde. Sie schwieg dazu.

„Bist du noch dran?" fragte er besorgt und sie antwortete abermals mit „ja" was ihm seltsam vorkam. Warum verhielt sie sich so schweigsam.

„Kannst du nicht reden? Ist jemand bei dir?" wollte er wissen. Wieder war Stille, dann sagte sie: Es ist alles in Ordnung, ich bin alleine." Dann war die Leitung tot.

Nachdenklich blickte Jonah durch die Windschutzscheibe. Warum war sie nur so kurz angebunden? Lag es an den Enthüllungen, die er ihr im Zoo gemacht hatte? Eigentlich war es ihm so vorgekommen, als hätte sie die letztendlich akzeptiert. Oder war sie doch nicht allein und wurde bedroht. Die alte Haushälterin kam dafür sicher nicht in Frage, sie sollte Isabella nur überwachen. Allerdings war es möglich dass sie deren Fluchtabsicht bemerkt und Satorios informiert hatte. Aber der Dämon hatte seine Flügel verloren, als er sich damals für die Hölle entschied. Deshalb war er, wie jeder gewöhnliche Mensch, auf Verkehrsmittel wie Auto, Bahn oder Flugzeug angewiesen. Leider hatte Isabella nicht gewusst in welchem Land sich ihr Vater aufhielt, er konnte aber vermutlich kaum innerhalb weniger Stunden zuhause sein.

Natürlich hatte Jonah trotzdem auch diese Möglichkeit in Betracht gezogen und sie mit Dante und Morgana durchgesprochen. Aber er hoffte das würde nicht der Fall sein. Es gab zwar immer noch diese offene Rechnung mit Gregory Satorios und unter anderen Umständen hätte er nicht gezögert sich einem Kampf mit ihm zu stellen. Im Moment verspürte er jedoch absolut nicht den Wunsch, seinem Erzfeind zu begegnen. Vor allem nicht, wenn der Isabella als Geisel benutzte.

Leider hatte er jedoch keine Wahl, es war seine Pflicht die Engelin aus Satorios Gewalt zu befreien und dadurch die Gefahr abzuwenden, die dem Himmel durch Isabellas Vermählung mit Satan drohte.

Doch vor allem liebte er diese Frau, schon deswegen würde er im wahrsten Sinne des Wortes Himmel und Hölle in Bewegung setzen, damit ihr kein Leid geschah.

Entschlossen startete er den Motor und fuhr in Richtung von Satorios Anwesen. Dabei beobachtete er ständig ob ihm vielleicht jemand folgte, doch das war nicht der Fall. Als er an der Zufahrtsstraße, die zu dem alten Haus führte, angekommen war hielt er das Auto hinter einer dichten Hecke an und stieg aus. Die letzten Meter schlich er zu Fuß durchs Unterholz und kam hinter den Garagen heraus.

Isabellas Auto stand davor und die Garagentür war offen. Ein Blick hinein zeigte Jonah, dass kein anderes Auto darin stand. Das hatte er auch nicht erwartet. Er schaute durch die Seitenscheibe des kleinen Flitzers und sah zwei Gepäckstücke auf dem Rücksitz liegen. Alles schien so, wie sie es ihm am Telefon erzählt hatte, er konnte nichts Verdächtiges feststellen.

Das Haus lag in völliger Dunkelheit, doch seinen scharfen Augen entging der nur millimeterbreite Lichtstreifen nicht, der am Rand eines Fensters im oberen Stock aufblinkte. Das Fenster gehörte zu Isabellas Zimmer wie er wusste. Es lag leider ziemlich entfernt von der Luke auf dem Dach. Er hoffte das Innere des Hauses war nicht allzu verbaut, wie es oft in alten Häusern der Fall war.

Diesmal sah er sich gründlich nach allen Seiten um, bevor er seine Flügel ausbreitete. Niemand war in der Nähe, das konnte er sehen und spüren, dennoch war ihm nicht wohl als er sich abstieß und mit zwei kräftigen Flügelschlägen das Dach erreichte. Eilig zog er seine auffälligen weißen Schwingen dicht an seinen Körper und zog die schwarze Jacke darüber. Seine hellen Haare hatte er schon im Auto unter einer dunklen Mütze verborgen.

Die Dachluke war nicht weit entfernt, mit zwei Schritten war er dort und beugte sich herunter.

Wie vermutet war sie offen und er hob sie sachte an, damit kein Geräusch entstand. Das leise Knarren der Scharniere klang überlaut in seinen Ohren. Hastig zwängte er sich durch den Spalt und zog die Luke leise wieder zu. Völlige Dunkelheit umfing ihn und er blieb einen Moment stehen um sich zu konzentrieren.

Der leise Herzschlag den er von Isabella empfing zeigte ihm die Richtung an, und er ging langsam darauf zu. Ansonsten spürte er nichts was auf die Anwesenheit weiterer Wesen hingedeutet hätte, was aber nichts hieß, da Dämonen keinen Herzschlag produzierten. Wie auch, wenn man kein Herz besaß.

Trotz Isabellas Versicherung sie wäre allein, glaubte er ihr nicht. Ihr Verhalten am Telefon war ihm zu seltsam vorgekommen. Deshalb rechnete er mit einem Hinterhalt. Er kannte Satorios und wusste zu was er fähig war. Auch wenn er Isabella seit mehr als zwanzig Jahren wie eine Tochter großzog, war sie für ihn immer nur ein Mittel zum Zweck gewesen. Er würde alles daransetzen sie zu Satan in die Hölle zu bringen. Nur deshalb hatte er ihr so lange seine väterliche Zuneigung vorgeheuchelt.

Jonah vermutete dass Satorios irgendwie von seiner Bekanntschaft mit Isabella erfahren hatte. Er befehligte vermutlich Dutzende von Höllensoldaten, die für ihn spionierten. Wahrscheinlich hatte er Isabella ständig überwachen lassen, um zu kontrollieren mit wem sie Umgang pflegte.

Leider hatte er selbst und auch Dante und Morgana

erst an diese Möglichkeit gedacht, als es schon zu spät war. Ihn auf diese einfache Weise in seine Gewalt zu bekommen wäre natürlich ein gefundenes Fressen für den Dämon und er würde gewiss nicht zögern Isabella zu benutzen, um ihm eine Falle zu stellen. Die späte Erkenntnis konnte ihn jedoch nicht davon abhalten, Isabellas Hilferuf zu folgen. Es war vordringlich sie in Sicherheit zu bringen, auch wenn er sich dafür sehenden Auges in die Gewalt seines ärgsten Feindes begeben würde. Was das für ihn bedeuten würde, darüber wollte Jonah lieber nicht nachdenken. Isabellas Rettung hatte für ihn oberste Priorität, dafür würde er ohne zu zögern sein Leben opfern.

Deshalb ging er entschlossen den dunklen Gang entlang bis er vor ihrem Zimmer stand. Entschlossen drückte er die Klinke und öffnete die Tür. Diffuses Licht empfing ihn, das von einigen Kerzen gespendet wurde. Es reichte jedoch aus, ihm sofort zu zeigen, dass seine Vermutung Tatsache war. Die Luft war verpestet durch fauligen Schwefelgeruch, gleich mehrere Höllenkreaturen hielten sich in dem Zimmer auf. Es kostete ihn Mühe zu atmen, dennoch betrat er langsam das Zimmer. Hinter ihm fiel die Tür schwer ins Schloss.

Sein Blick lag auf Isabella, die auf einem Stuhl saß und ihn aus weit aufgerissenen Augen ansah. Sie war sehr blass und ihre Lippen bebten. Wirre verängstigte Gedanken drangen von ihr zu ihm. Die Tränen, die plötzlich in ihre Augen schossen, bestätigten ihm

dass sie ihn nicht freiwillig in diesen Hinterhalt ge-
lockt hatte, sondern dazu gezwungen worden war.

Satorios stand neben ihr, seine Hand lag auf ihrer
Schulter. Er grinste Jonah an, so als wäre er sein
Freund. Doch seine Worte waren alles andere als
freundlich.
„Jonathas Angelus" sagte er süffisant und musterte
Jonah aus kalten Augen. „Ich kann es immer noch
nicht glauben, dass es so einfach war dich hierher zu
locken. Unsere letzte Begegnung hat dich anscheinend ganz schön aus der Form gebracht. Früher wärst
du mir nicht so arglos in die Falle gegangen."
Jonah schwieg dazu, sollte Satorios doch glauben er
wäre nicht mehr der kämpferische Engel und er hätte
leichtes Spiel mit ihm. Während ihn der Dämon noch
mit hämischem Blick musterte, konzentrierte er sich
darauf Dante und Morgana einen telepathischen
Kurzbericht zu senden. Da sie auch die Situation
besprochen hatten die nun eingetreten war, wussten
die Beiden wie sie weiter vorgehen mussten. Sie
würden sich sofort auf den Weg nach hier machen.
Bis seine Freunde eintrafen würde jedoch einige Zeit
vergehen, denn leider brauchten sie länger als er,
denn es erforderte mehr Kraft, ihre menschlichen
Körper durch die Luft zu bewegen.
Jonah wusste dass Satorios ihn früher oder später
fragen würde ob er weitere Engel mitgebracht hätte.
Er gedachte ihm möglichst lange vorzutäuschen er
wäre in einsamer Mission hier.

Jetzt war er froh dass er Isabella nichts von Morgana und Dante erzählt hatte. So konnte sie selbst unter Zwang nichts verraten.

Satorios ließ seine Hand von Isabellas Schulter gleiten und kam langsam auf Jonah zu, der sich noch nicht von der Stelle gerührt hatte. Er schaute seinem alten Feind kalt in die Augen, als der eine Armlänge vor ihm stehen blieb.

Jonah erwiderte Satorios' Blick furchtlos, obwohl die Augen des Dämons nichts Menschliches mehr hatten. Bis jetzt hatte er sich in seiner Menschenhülle gezeigt, jetzt wechselte er in Sekundenschnelle seine Gestalt und präsentierte sich als der hässliche Dämon, der er in Wirklichkeit war. Sein Körper wuchs an und wurde so unförmig, dass er den teuren Anzug sprengte. Mit klauenartigen Händen riss er sich die Stofffetzen vom Leib, darunter kam graue schuppige Haut zum Vorschein und ein übler Schwefelgeruch entströmte ihm.

Isabella stieß einen markerschütternden Schrei aus, als sie die grauenhafte Verwandlung sah. Dann sackte sie mit einem Seufzer zusammen und rutschte vom Stuhl. Sie schlug hart mit dem Kopf auf dem Boden auf und blieb still liegen.

Sofort wollte Jonah sich um sie kümmern, doch Satorios' Klauenhand schnellte auf ihn zu und krallte sich um seinen Arm. Schwarze spitze Krallen bohrten sich in sein Fleisch.

„Bleib weg von ihr", kam es grollend aus Satorios' Mund. „Wage es nicht sie anzurühren."

Mit einer herrischen Kopfbewegung gab er einem seiner Helfer den Befehl, sich um Isabella zu kümmern. Dann wandte er sich wieder Jonah zu. Er schaute auf dessen Arm, den er noch immer umklammert hielt. Dort wo seine Klauen ins Fleisch schnitten fielen Blutstropfen auf den Boden.

„Gib ihr ein paar Tropfen von meinem Blut", sagte Jonah mit neutraler Stimme. An Satorios' Schulter vorbei beobachtete er den Mann, der Isabella vom Boden aufhob und wieder auf den Stuhl setzte. Sie schwankte und drohte erneut zu fallen.

„Sie ist unglücklich mit dem Kopf aufgeschlagen und hat vermutlich eine Gehirnerschütterung. Engelsblut ist sehr heilsam" sprach er weiter. „Du willst doch dass sie gesund ist, wenn du sie Satan zuführst."

Der Dämon riss erstaunt die Augen auf.

„Woher weißt du…?" Er verstummte einen Moment, dann meinte er höhnisch. „Ich glaube, wir haben einiges zu besprechen. Aber du hast Recht, Isabella muss unbedingt gesund bleiben."

Er griff nach einer kleinen Glasschale, die auf einem Tischchen stand und hielt sie Jonah hin. Dann ließ er endlich dessen Arm los und trat einen Schritt zurück. Jonah hielt die kleine Schale unter seinen Arm und ließ ein paar Tropfen seines Blutes hineinfließen. Dann reichte er sie dem Dämon zurück. „Es reicht wenn du ihre Lippen mit dem Blut benetzt, es wirkt sehr schnell. Oder soll ich es ihr selbst…"

Er kam nicht weiter, Satorios riss ihm das Schälchen aus der Hand und funkelte ihn aus seinen blutunterlaufenen Augen wütend an. „Pfoten weg, rühr sie nicht an."

Er drehte sich zu Isabella hin, wurde aber von Jonah erneut angesprochen.

„Vielleicht solltest du dich zuerst in den Mann zurückverwandeln, als den sie dich kennt. Mir macht dein Anblick nichts aus, ich habe dich schon mehrmals so gesehen. Aber für sie bist du ein hässliches Monster und sie wird sofort wieder ohnmächtig werden, wenn sie dich so sieht."

Mit einem Fauchen drehte sich der Dämon erneut zu ihm um und bleckte seine furchterregenden gelben Zähne. Doch Jonah ließ sich nicht einschüchtern, sondern sah ihn furchtlos an. Einen kurzen Moment fochten der Engel und der Dämon einen Kampf mit den Augen aus. Dann gab Satorios überraschend nach und drückte Jonah das Schälchen wieder in die Hand.

„Da, gib du es ihr, du Samariter. Aber tue nichts verkehrtes, meine Leute passen auf dich auf." Mit einem Schnauben ging er an ihm vorbei und zur Tür hinaus.

Jonah eilte sofort zu Isabella und ließ sich neben ihr auf die Knie sinken. Sanft fasste er sie mit der Linken unter den Hinterkopf und hob ihn leicht an. Er konnte fühlen dass der Knochen einen Bruch hatte. Sie war wirklich sehr unglücklich auf dem Steinboden aufgeschlagen. Mit der Rechten hielt er ihr die Schale an die leicht geöffneten Lippen und beobachtete, wie ein Blutstropfen langsam dazwischen lief. Der kleine Tropfen reichte aus den Schädelbruch zu heilen, er konnte es fühlen.

Isabella schlug die Augen auf und sah in die seinen. Er nutzte den kurzen Moment um die Geschehnisse der letzten Minuten aus ihrem Gedächtnis zu löschen. Es war besser wenn sie in ihrem Ziehvater nicht das Monster erkannte, dass er in Wirklichkeit war. So wie es aussah würden sie beide noch eine Weile die Gastfreundschaft des höllischen Dämons genießen müssen. Bis Morgana und Dante hier sein würden konnten noch Stunden vergehen. Zumal die Beiden erst noch einen Plan zu ihrer Befreiung ausarbeiten mussten. Es war also besser, wenn Isabellas Nerven noch möglichst lange geschont würden.

Er hätte ihr gerne noch mehr suggeriert, doch der Kerl der ihn bewachte riss ihn von Isabella fort. Jonah wehrte sich nicht dagegen weil er vermutete dass er seine Kräfte noch bitternötig haben würde. Denn bisher hatte ihm jedes Zusammentreffen mit Satorios das Letzte abverlangt.

Lange brauchten sie nicht auf den Dämon zu warten, schon nach ein paar Minuten betrat er das Zimmer, sein Äußeres wieder genauso wie Isabella es kannte. Nichts erinnerte mehr an das grauenhafte Monster, dass er eben noch gewesen war. In dem gutsitzenden Anzug, von einem hervorragenden Schneider hergestellt, sah er wieder wie ein erfolgreicher Geschäftsmann aus. Er schaute zu seiner Pflegetochter hin, die wieder auf ihrem Stuhl saß aber nicht aufschaute. Er musterte Jonah mit finsterem Blick

„Ist sie wieder ok?" wollte er wissen. „Warum ist sie so abwesend. Ich sagte doch, du…"

139

„Sie ist wieder gesund", unterbrach ihn Jonah. „Nachdem sie sich wegen deiner skurrilen Showeinlage einen Schädelbruch zugezogen hat, habe ich mir erlaubt ihre Wahrnehmung etwas zu beeinflussen. Du solltest wirklich sorgsamer mit ihr umgehen. Ich kann mir nicht vorstellen dass es euren Plänen dienlich wäre, sollte sie vor Grauen den Verstand verlieren."

Satorios musterte Isabella noch eine Weile mit gerunzelter Stirn bevor er sich wieder Jonah zuwandte. „Du willst mir erzählen, sie hätte einen Schädelbruch erlitten? Nach einem Sturz auf den Teppichboden? Sie ist doch nicht aus Porzellan."

„Aber sie ist ein Engel. Den du geraubt hast und durch irgendeinen teuflischen Trick in ein Baby oder Kleinkind verwandelt hast. Sie sollte dadurch ihrer Erinnerungen an den Himmel beraubt werden. Das ist euch auch gelungen, doch es ist euch nicht gelungen aus ihr einen richtigen Menschen zu machen. Ihre Knochen, zum Beispiel, haben nicht die Festigkeit von Menschenknochen. Vermutlich hatte sie als Kind öfter einen Knochenbruch. Das müsstest du doch eigentlich wissen. Sie besitzt übrigens auch keine Geschlechtsorgane, was du aber anscheinend nicht weißt. Im Himmel benötigt man die nicht, denn Engel werden erschaffen, nicht geboren. Deshalb war alles umsonst, was du und dein Boss Satan ausgetüftelt habt. Denn ohne Geschlechtsorgane frage ich mich, wie es zugehen soll, dass sie Satan einen Sohn gebären soll."

Der Dämon schaute ihn entgeistert an, dann lief sein Gesicht rot an und sah aus, als bekäme er jeden Moment einen Schlaganfall. Erst nach einer ganzen Weile beruhigte er sich etwas. „Was erzählst du mir für einen Mist", blaffte er Jonah giftig an.

„Keine Geschlechtsorgane. Hast du etwa auch keinen Schwanz? Warum siehst du dann aus wie ein Kerl? Isabella hat Brüste wie eine Frau, also hat sie auch alles andere was Frauen haben. Du willst mich aus der Fassung bringen. Hoffst wohl ich würde sie freigeben, nur weil du mir weißmachen willst sie könne kein Kind bekommen? Du musst mich ja für sehr naiv halten. Aber das wird sich bald ändern."

Er wandte sich an die Männer, die im Zimmer verteilt standen und stumpf vor sich hinstarrten. „Packt euch den Kerl und bringt ihn nach unten."

An Jonah gewandt meinte er höhnisch: „Dort habe ich bessere Möglichkeiten, dich auszufragen. Ich denke jedoch, das wird dir nicht besonders gefallen. Mir aber umso mehr."

Die vier Handlanger packten Jonah derb und zerrten ihn zur Tür. Er leistete keinen Widerstand. Zwar war ihm gar nicht wohl bei dem Gedanken an Satorios Befragung, doch er hatte ihn wenigstens erst einmal davon abgebracht sich Isabella noch länger zuzuwenden. Sie brauchte dringend Erholung. Und vielleicht konnte er Satorios ja lange genug von ihr ablenken, damit Morgana und Dante sie retten konnten.

# Kapitel 14: Wo ist Jonah?

Isabella hob erst den Kopf als die Tür laut ins Schloss fiel. Durch die wenigen Tropfen von Jonahs Blut spürte sie, dass ihre Kräfte überraschend schnell zurückkehrten. Doch sie tat so als wäre sie noch nicht richtig bei sich.

Da man sie für bewusstlos hielt beachtete sie niemand, was sie nutzte um sich langsam zu drehen, so dass sie das Geschehen aus nur einen Spalt breit geöffneten Augen verfolgen konnte. Sie sah wie Jonah von einem der Männer, die ihr Vater mitgebracht hatte, von ihr weggerissen wurde. Er leistete keinerlei Gegenwehr, was ihr im ersten Moment seltsam vorkam. Waren Engel etwa nicht in der Lage sich zu wehren? Oder durften sie es gar nicht?

Doch dann erinnerte sie sich das Jonah ihr erzählt hatte, er wäre ein Kriegerengel. Als solcher würde er sich gewiss nicht wehrlos ergeben. Es sei denn er hätte einen Plan oder er würde einen günstigen Moment abwarten um einen Befreiungsschlag zu starten.

Während sie so grübelte betrat ihr Vater erneut den Raum. Nein, ihr Vater war er nicht und war es eigentlich auch nie für sie gewesen, kam ihr in den Sinn. Wieso hatte sie nur all die Jahre geglaubt, er wäre um ihr Wohlergehen besorgt? Sie war so dumm gewesen.

Der Mann, der sie großgezogen hatte, begann sofort mit Jonah zu streiten, zuerst in gemäßigtem Ton, dann wurde er lauter. Sie erkannte schnell dass es um sie ging und hörte genauer hin. Was sie hörte verschlug ihr fast den Atem und sie hatte Mühe, weiterhin so zu tun als wäre sie ohnmächtig.

Jonah behauptete sie wäre keine normale Frau und könne keine Kinder bekommen. Dass sie ein Engel gewesen sei hatte er ihr schon einmal erzählt und sie hatte noch immer Mühe ihm das zu glauben.

Doch nun sagte er sie besäße keine Geschlechtsorgane. Sie hätte gerne gewusst woher er das wissen wollte, denn über diese Dinge hatten sie nie miteinander gesprochen. Außerdem entsprach es nicht der Wahrheit.

Über ihren aufkeimenden Ärger überhörte sie fast was die beiden Kontrahenten weiter sprachen. Zumal sie ihre Lautstärke drosselten und Jonah einige Male besorgt zu ihr hersah, so als wolle er keinesfalls dass sie etwas mitbekam. Und der Mann, den sie Vater genannt hatte, gab ihm wütende zischende Antworten. Trotzdem hörte sie die Worte Satan und Vermählung heraus. Noch ehe sie sich darüber Gedanken machen konnte änderte sich das Gespräch der ungleichen Männer und der Gesichtsausdruck ihres angeblichen Vaters wurde gemein und brutal, so wie sie es noch niemals an ihm gesehen hatte. Seine Stimme triefte vor Gehässigkeit als er Jonah derb anstieß und ihm sagte, er werde ihn nach unten bringen lassen, um ihn dort zu befragen.

Jonah gab ihm keine Antwort und wehrte sich auch nicht, als er von zwei Männern gepackt wurde.

Er warf ihr nochmals einen besorgten Blick zu, dann wurde er zur Tür gezerrt. Auch Satorios starrte sie prüfend an, dann zuckte er die Schultern, drehte sich um und verließ ebenfalls den Raum. Der dritte Mann folgte ihm und die Tür fiel hinter ihnen ins Schloss.

Isabella wartete noch eine Weile ob vielleicht einer von ihnen zurückkam, doch das war nicht der Fall. Dann erhob sie sich und lief unschlüssig im Zimmer auf und ab. Es war ihr ein wenig schwindelig, doch das gab sich langsam. Was sollte sie jetzt bloß tun, fragte sie sich unschlüssig. Fliehen, nichts wie weg aus diesem Haus, kam ihr sofort in den Sinn. Danach konnte sie sich immer noch überlegen wie es weitergehen sollte.

Doch was wurde aus Jonah? Die letzten Worte die das Scheusal, das sie einmal Vater genannt hatte so hämisch an ihn gerichtet hatte, gaben ihr zu denken. Was hatte er mit Jonah vor? Wo brachte er ihn hin? Er hatte nur „nach unten" gesagt. Doch unten gab es nur die Küche, die Wirtschaftsräume und die kleine Wohnung der alten Haushälterin.

Oder hatte er das Kellergewölbe gemeint? Das war aber doch baufällig und mit Grundwasser vollgelaufen. Das hatte Gregorios ihr vor vielen Jahren zumindest einmal erzählt und sie gewarnt, dort niemals hinunterzusteigen. Die alte verrottete Eisentür war zudem mit Ketten und einem großen Schloss gesichert.

Sie hatte bisher nie das Bedürfnis verspürt den Keller zu betreten und eigentlich verspürte sie auch jetzt keine Lust dazu. Doch sie musste wissen ob Jonah dort hinunter gebracht worden war und was dort mit ihm geschah. Sie spürte in sich plötzlich eine große Zuneigung zu ihm, die sie die ganze Zeit verdrängt hatte. Sie gehörten zusammen, waren von gleicher Art und schon seit tausenden von Jahren dazu bestimmt sich zu finden. Warum nur war ihr das nie zuvor klar geworden? Gedankenverloren strich sie mit der Zunge über ihre Lippen und spürte ein kleines Kribbeln als sie das winzige Blutströpfchen berührte, das dort noch haftete.

Sie musste hinunter in den Keller gehen, dort würde sie Jonah finden, das wurde ihr glasklar bewusst. Entschlossen ging sie zur Tür und öffnete sie einen Spalt, horchte kurz in die Dunkelheit. Sie konnte spüren, dass sich niemand im Treppenhaus aufhielt und schlüpfte endgültig durch die Tür. Auf leisen Sohlen eilte sie die Treppe hinab und hielt erst an, als sie vor der verriegelten Eisentür stand.

Mit einem Blick erfasste sie dass die Kette und das Schloss nicht mehr an ihrem Platz waren. Und die Tür stand einen Spaltbreit auf. Unentschlossen nagte Isabella an der Unterlippe, sollte sie es wirklich wagen den Keller zu betreten? Sie hatte noch nicht einmal eine Taschenlampe mitgenommen und hinter dem Türspalt sah sie nur Schwärze.

Vorsichtig zog sie die Tür so weit auf, dass sie dahinter sehen konnte. Ein langer dunkler Gang erstreckte sich dort und weit hinten erkannte sie einen rötlichen

Lichtschein, so als flackere dort ein Feuer. Wie passend, dachte sie. War dies der Weg in die Hölle?

Aus weiter Ferne ertönte gedämpft ein Schrei und sie dachte sofort an Jonah. Ihre Angst und Unsicherheit fiel von ihr ab. Jonah war in Gefahr und sie musste ihm helfen. Ohne noch einen Gedanken an die Konsequenzen ihres Tuns zu verschwenden öffnete sie die schwere Tür, schlüpfte hindurch und lief den dunklen Gang entlang auf das flackernde Licht zu.

Der Kies auf dem Platz vor dem Haus knirschte leise als Dante darauf landete. Er war so schnell geflogen, wie es ihm möglich war. Morgana war schon vor längerer Zeit zurückgefallen doch sie würde ebenfalls bald hier sein. Bis dahin würde er sich schon einmal umsehen, damit sie keine Zeit verloren. Etwas plumpste hinter ihm schwer auf den Kies und er drehte sich um. „Barnabas, wo kommst du denn her? Ich sagte doch, du sollst zu Hause bleiben."

Der Hund wedelte mit dem Schwanz, zog seine Flügel ein und schüttelte sich dann kräftig. Als er fertig war konnte man die schwarzen Schwingen nicht mehr an seinem Körper entdecken. Nur wenn man, wie Dante, darum wusste konnte man ihre Umrisse noch erahnen.

„Was mach ich jetzt mit dir?" fragte er den Hund. „Dich können wir eigentlich hier ganz und gar nicht gebrauchen. Wir müssen übers Dach einsteigen, das kannst du nicht."

Er seufzte, war aber nicht wirklich böse über das

eigenmächtige Verhalten des Hundes. Barney war schließlich kein gewöhnlicher Hund und entschied öfter mal nach eigenem Gutdünken.

„Nun gut, wenn du schon da bist dann kannst du das Gelände ums Haus absuchen. Schau dir alles genau an, vielleicht entdeckst du ja einen versteckten Eingang. Bleib auf jeden Fall hier draußen, falls Morgana und ich entdeckt werden ist es wichtig, dass niemand von dir weiß."

Barnabas hörte ihm genau zu, dann brummte er leise, was seine Zustimmung bedeutete, und trollte sich in Richtung der Hinterseite des alten Hauses. Kurz darauf war er in der Dunkelheit verschwunden.

Dante wusste dass er sich auf den Hund verlassen konnte, Barney verstand sehr gut, was man von ihm erwartete und nahm seine Aufgabe stets sehr ernst. Nur wenn es nichts für ihn zu tun gab, nahm er sich die Freiheit zu leben wie ein gewöhnlicher Hund.

Auch Dante blieb nicht untätig, während er auf Morganas Eintreffen wartete. Er überprüfte ob und wo sich Menschen im Haus befanden. Dazu schlich er zur Vorderseite des uralten Gemäuers und lauschte kurz, bevor er die Klinke der Eingangstür herunterdrückte. Die Tür war nicht verschlossen, was es ihm ersparte sie mit einem speziellen Dietrich aufzubrechen. Schnell schlüpfte er ins Innere und horchte, ob es Anzeichen für die Anwesenheit von Menschen gab. Er konnte leises Schnarchen hören, das aus den unteren Zimmern drang. Die alte Haushälterin schlief schon tief, stellte er zufrieden fest.

Doch sonst konnte er keine Lebenszeichen feststellen, weder von Menschen, Engeln oder Dämonen. Bis auf die alte Frau war das Haus leer. Damit hatte er nicht gerechnet und strengte seine Sinne nochmals an, doch das Ergebnis blieb das Gleiche. Weder Jonah noch Isabella waren hier und auch nicht Gregory Satorios.

Leise verließ er das Haus wieder und sah in einiger Entfernung Morgana im Schatten der Bäume stehen. Barnabas, von seiner Runde zurück, saß neben ihr, ein Zeichen dass auch er nichts Ungewöhnliches entdeckt hatte. Dante ging zu den Beiden und erzählte Morgana kurz die bittere Neuigkeit.

„Aber das kann doch gar nicht sein, Jonah hätte uns doch informiert, wenn er mit Isabella das Haus bereits verlassen hätte. Nein, er muss noch da drin sein. Vielleicht sind die Zimmer so gedämmt, dass man nicht durch die Wände hören kann."

Morgana sah Dante zweifelnd an doch der schüttelte kategorisch den Kopf. „Nein, das kann nicht sein, du weißt dass Jonah und ich stark miteinander verbunden sind. Wenn er hier wäre so könnte ich ihn spüren, egal wie dicht isoliert die Wände sind."

„Wir gehen gemeinsam nochmals rein" beschloss er nach kurzem Nachdenken. „Die alte Haushälterin wird uns nicht aufhalten, sie schläft tief und fest. Wir werden jedes Zimmer vom Keller bis zum Dach inspizieren und wenn es irgendeine Spur von Jonah und Isabella gibt, so werden wir sie entdecken."

Morgana nickte zustimmend.

„Dann lass uns sofort mit der Suche beginnen."

Zu dritt betraten sie das Haus. Barnabas wusste was von ihm verlangt wurde und lief sofort auf die Treppe zu. Er würde es spüren, wenn sich Jonah noch in einem der Zimmer befände. Und er würde es riechen, wenn er durch die Gänge gelaufen wäre. Wie ein ausgebildeter Bluthund konnte er sogar feststellen, ob Jonah die Treppen nur hinauf- oder auch wieder heruntergekommen war.

Dante und Morgana begannen ihre Suche unten, in der kleinen Wohnung der Haushälterin. Obwohl es eher unwahrscheinlich war, dass ihr Freund dort weilte. Aber sie wollten nichts auslassen.

Das Wohnzimmer der Haushälterin war nicht sehr üppig ausgestattet, es sah eher aus wie eine Notunterkunft. Die einzigen Möbel waren ein Tisch, ein Stuhl und eine kleine altmodische Kommode. Darüber hing ein Gobelin-Wandbehang mit goldenen Fransen, der überhaupt nicht da hinzupassen schien. Das Motiv zeigte ein barockes Liebespaar, sie saß auf einer Schaukel und zeigte kokett ihr Bein und der Galan bewegte die Schaukel durch ziehen einer goldenen Schnur. Beide schauten sich verliebt an.

„Wie schrecklich kitschig", murmelte Morgana und kicherte belustigt. „Weißt du noch, die Kleider damals waren so schrecklich unbequem. Und diese gepuderten Perücken…"

„Also ich fand's ganz nett damals. Die Frauen waren noch viel anschmiegsamer…"

Grinsend wich Dante Morganas zum Schlag

erhobener Hand aus. Dann wurden beide schnell wieder ernst und untersuchten die Wohnung weiter auf verborgene Türen oder Verstecke. Doch da sie nichts fanden, verließen sie die Wohnung frustriert wieder und zogen leise die Tür hinter sich ins Schloss.

„Und nun?" fragte Morgana und schaute sich suchend im Treppenhaus um. „Machen wir zuerst oben weiter oder im Keller?"

Von oben hörten sie ein leises Hecheln und Trappeln von Pfoten auf der Treppe. Barnabas war auf dem Weg nach unten, er schien es eilig zu haben.

„Warten wir ab was Barney entdeckt hat" murmelte Dante und schaute dem Hund gespannt entgegen. An dessen Gebaren erkannte er sofort dass er eine Spur verfolgte. Vor seinem Herrn blieb Barney stehen und schaute ihm in die Augen. Auf telepathischem Weg gab er seinen Bericht ab, der aus Gedankenbildern bestand.

„Er hat Jonahs Spur aufgenommen, im oberen Stock-werk. Danach hat er seine Spur die Treppe herunter verfolgt, doch da war Jonah nicht allein, er wurde von mehreren Männern begleitet. Auch einen Dämon konnte er wittern, vermutlich handelt es sich dabei um Satorios. Außerdem führt noch Isabellas Spur die Treppen herunter, sie war jedoch allein."

Barnabas drängelte sich an ihnen vorbei und lief auf die Tür zu, die vermutlich in den Keller führte. Sie folgten ihm. Die Tür machte einen maroden Eindruck und das große Vorhängeschloss sah altmodisch und verrostet aus. Doch bei näherem Hinsehen konnten sie erkennen, dass es sich um eine stabile Stahltür handelte, die so in den Rahmen eingepasst war, dass keine Chance bestand, sie auszuhebeln. Und das Vorhängeschloss war nicht mit einem Schlüssel zu öffnen, sondern nur durch einen Code. Das Zahlensystem war unter dem Blech versteckt, unter dem man eigentlich ein Schlüsselloch vermutete.

„Ganz schön clever für einen rückständigen Dämon", musste Dante zugeben. „Die Hölle holt auf."

„Und was machen wir jetzt? Wir können nicht ewig herumprobieren, bis wir den richtigen Code finden. Darüber hinaus strahlt die Tür etwas …Böses aus, merkst du das auch? Ganz sicher hat Satorios sie mit einem höllischen Fluch belegt."

„Oder er hat sie einfach unter Strom gesetzt. Das reicht auch aus ungebetene Besucher abzuhalten den Keller zu betreten. Wirkt leider auch bei Engeln."

Er verkniff sich den Fluch, der ihm auf der Zunge lag.

„Wir müssen es draußen nochmal versuchen", meinte er dann ratlos. „Vielleicht haben wir ja doch ein Schlupfloch übersehen. Ich kann mir nicht vorstellen dass Jonah im Keller gefangen gehalten wird. Und Isabella ist auch durch diese Tür gegangen, aber nicht wieder herausgekommen. Keiner, der in den letzten Stunden in den Keller ging, das hätte Barney mir angezeigt. Also vermute ich, dass es einen Weg durch den Keller nach draußen gibt."

„Vielleicht ein Tunnel?" warf Morgana nachdenklich ein. „Aber ein Tunnel kann sehr lang sein und in jede

Richtung führen. Wo sollen wir mit der Suche anfangen?"

Dante rollte unbehaglich die Schultern, doch seine
Stimme klang entschlossen. „Gleich vor der Haustür.
Und wir suchen so lang, bis wir eine Spur von Isa-
bella und Jonah finden.

# Kapitel 15: In der Hölle

Morgana und Dante umrundeten abermals das alte Haus, wobei sie ihre Aufmerksamkeit besonders auf dessen Rückseite richteten. Sorgfältig kontrollierten sie jedes der vier zugemauerten Kellerfenster darauf, ob es ein geheimer Ausgang sein könnte.

Barnabas inspizierte derweil mit der Nase am Boden den verwilderten Garten. Er krabbelte unter jeden Busch und verschob mit seinen kräftigen Pfoten sogar größere Steine, um den Untergrund zu untersuchen. Falls es irgendwo einen getarnten Eingang geben sollte, so würde er ihn finden.

Nachdem sie am Haus nichts gefunden hatten, kontrollierten die beiden Engel auch den Vorplatz und die Garage, doch sie fanden nirgends den geringsten Hinweis auf einen unterirdischen Tunnel.

Dass Jonah das Haus nicht durch die Tür verlassen hatte stand fest, das hätte Barnabas ihnen angezeigt. Und die Luke im Dach kam ebenfalls nicht in Frage. Wenn Jonah das Haus darüber verlassen hätte, doch dann hätte er sich längst bei ihnen gemeldet. Satorios konnte ihn jedenfalls über die Dachluke nicht entführt haben, da er nicht fliegen konnten. Denn die Flügel des abtrünnigen Engels waren bei seinem Sturz aus dem Himmel zu schwarzen Stummeln verbrannt.

Es blieb also nur noch die Möglichkeit dass Jonah, und wahrscheinlich auch Isabella, tatsächlich im Keller des Hauses festgehalten wurden.

Ratlos trafen Morgana, Dante und Barnabas schließlich wieder zusammen. Wo sollten sie noch suchen? Mutlos starrte Dante zu den dichten Bäumen hin, die in einiger Entfernung standen. Dunkel ragten sie in den Himmel. Er wollte den Blick schon wieder abwenden, da sah er ein kurzes Blinken. Ehe er es richtig deuten konnte war es schon wieder verschwunden. Doch seine Neugier war geweckt.

„Dort hinter den Bäumen hat etwas kurz aufgeblinkt, wie eine Glasscheibe, in der sich der Mond spiegelt. Schauen wir uns dort mal um."

Ohne Morganas Antwort abzuwarten lief er auf die Bäume zu und je näher er ihnen kam umso deutlicher spürte er, dass er den richtigen Riecher hatte.

„Eine Hütte, nein, das ist eine Kapelle" stieß er hervor als sie nahe genug waren. „Ob sie noch zum Haus gehört?"

„Es sieht aus, als wäre hier einmal ein kleiner Friedhof gewesen" mutmaßte Morgana. „Der gehörte ganz sicher zum Haus. Früher war es in besseren Kreisen üblich, einen eigenen Friedhof für Familienmitglieder zu besitzen. Noch dazu wenn man so abgelegen wohnte. Allerdings kann man keine Gräber mehr erkennen, sie sind längst überwuchert."

„Die Kapelle ist aber noch recht gut erhalten. Vermutlich haben sie die Bäume und Sträucher, die sie umwuchern, vor Wind und Wetter geschützt."

Sie mussten sich den Weg zum Eingang der Kapelle erst erkämpfen, indem sie Büsche niederdrückten und Äste abknickten, bevor sie endlich vor der hölzernen Tür standen. Eine kleine, von Alter und Schmutz fast blinde Glasscheibe, war in das Holz eingelassen. Dass sich der Mond darin spiegeln konnte, war wohl nur durch eine kleine himmlische Hilfe möglich geworden. Denn ohne das kurze Aufblinken wären sie nicht auf die Kapelle aufmerksam geworden.

Morgana schickte einen kurzen Dank nach oben, dann rieb sie mit der Hand an der Scheibe um sie etwas zu säubern. „Da ist schon jemand vor uns hier gewesen" stieß sie erstaunt aus. „Über das Glas wurde bereits gewischt…"

„Das war Jonah, er hat die Kapelle ebenfalls entdeckt. Barnabas hat seine Spur gefunden. Er scheint jedoch nicht drin gewesen zu sein, hat nur hineingeschaut."

„Es wundert mich dass Satorios die Kapelle nicht zerstört hat. Sie muss ihm doch ein Dorn im Auge sein."

Dante lachte grimmig. „Es sind vermutlich noch geweihte Gegenstände im Inneren. Die kann er nicht berühren, ohne Gefahr zu laufen in Flammen aufzugehen. Oder er weiß gar nicht darum, sie ist ja ein ganzes Stück vom Haus entfernt und er wird wohl kaum im Wald spazieren gehen."

„Schauen wir sie uns von innen an. Vielleicht finden wir ja irgendeinen Hinweis, den wir verwerten können."

Die Tür war vermutlich schon längere Zeit nicht mehr geöffnet worden und ächzte als Morgana den rostigen Griff herunterdrückte. Doch sie ging nicht auf, was vermutlich daran lag dass das Holz sich verzogen hatte.

„Lass mich mal", murmelte Dante und stemmte sich mit der Schulter gegen die Tür. Knarrend und quietschend gab das alte Holz nach und die Tür glitt nach innen. Zu dritt betraten sie die Kapelle.

Rechts und links vom Mittelgang standen jeweils drei kurze Bankreihen aus Holz. Die einstmals edlen Stoffe, mit denen die Bänke gepolstert waren, hatten der Zeit und den Mäusen nicht standgehalten und waren nur noch als zerfressene Fetzen vorhanden. Intensiver Modergeruch stieg in ihre Nasen. Barnabas, der sofort herumschnüffelte, musste niesen.

„Psst! Man hört dich ja bis zum Haus hin" tadelte ihn Morgana leise. Der Hund sah sie schuldbewusst an, nieste aber noch zweimal.

Der Altar war nur klein und bestand aus Marmor, auf dem fingerdick Staub lag. Deshalb konnten sie gut erkennen dass sich vor nicht allzu langer Zeit jemand daran zu schaffen gemacht hatte. Die große Bibel lag nicht mehr an ihrem ursprünglichen Platz und die goldene Tür des Tabernakels wies Rußflecken auf. Auch am Altar und auf dem Boden sah man große schwarze Flecke.

Auf den ersten Blick konnte man meinen hier hätten Kirchenräuber gehaust. Doch Morgana und Dante wussten es besser.

„Die Rußflecken auf dem Boden haben verdächtig viel Ähnlichkeit mit dem Umriss eines Menschen."

Dante beugte sich hinab und strich mit dem Finger über den Fleck. Doch alles was daran haftete war Staub.

„Ist schon ein paar Jahre her, seit hier ein Dämon verbrannte. Satorios hat kaltblütig einen seiner Handlanger geopfert um herauszubekommen, ob sich die geweihte Monstranz noch im Tabernakel befindet. Da das der Fall war konnte er die Kapelle nicht zerstören lassen. Obwohl sie ihm bestimmt ein Dorn im Auge war, so nah an seinem Domizil."

Morgana nickte. „Wohl deshalb hat er diesen kleinen Urwald drum herum pflanzen lassen. Damit er sie nicht ständig sehen muss."

„Dante brummte zustimmend und umrundete den Altar. Dahinter entdeckte er eine Treppe, die nach unten führte.

"Dachte ich's mir doch, dass es hier eine Gruft gibt", rief er zufrieden aus und lief bereits nach unten. Morgana und Barnabas folgten ihm.

Der Raum war selbst für ihre scharfen Augen zu dunkel, deshalb knipsten sie ihre Taschenlampen an, die sie wohlweißlich mitgebracht hatten. Die hellen Strahlen geisterten über die Wände der Gruft und sie sahen zwei Sarkophage, die dicht nebeneinander standen. Darauf lagen die in Stein gemeißelten Figuren eines Mannes und einer Frau.

„Die Eheleute, die das Haus erbaut haben", murmelte Morgana und strich mit der Hand über den Stein. „Noch im Tode vereint."

„Vielleicht auch auf Gedeih und Verderb miteinander

vereint", brummte Dante nüchtern. „Du weißt doch dass es damals so gut wie unmöglich war eine Ehe aufzulösen."

Er trat näher an die Wand hinter den Sarkophagen, an der sich ein reich verzierter goldener Bogen befand, in dessen Mitte die Kreuzigungsszene gemalt war. Doch das Kunstwerk war es nicht das sein Interesse weckte. Mit dem Finger fuhr er eine fast unsichtbare Linie entlang, die um den ganzen Bogen führte. Dann drehte er sich zu Morgana um.

„Das ist eine Tür. Und hier…", er fuhr mit der Hand über das Gemälde und drückte dann auf einen nur beim genauen Hinsehen sichtbaren Punkt. Mit einem leisen Schnappen schwang das Bild nach innen. „Hier ist der geheime Verschluss und dahinter ein Gang."

Ohne weitere Worte tauchte er in den dunklen Gang ein und folgte ihm im Schein der Taschenlampe. Morgana und Barnabas kamen hinterher.

Der Gang verlief schnurgerade und war sehr lang. Sie wussten beide wo er sie hinführen würde, schnurstracks zu Satorios Haus, wo er vermutlich im Keller enden würde. Doch sie hatten sich zu früh gefreut, denn am Ende des Ganges standen sie vor einer gemauerten Wand. Sie sah relativ neu aus und wie sehr Dante auch jeden einzelnen Stein absuchte, hier gab es keinen geheimen Türöffner.

Jonah überlegte fieberhaft, während er von Satorios Männer die Treppe hinunter geführt wurde, ob er einen Fluchtversuch riskieren sollte. Die Männer, die ihn abführten, waren nur niedere Dämonen und stellten eigentlich kein Problem für ihn dar. Andererseits hatte Satorios ganz sicher besondere Vorkehrungen getroffen, damit er ihm nicht entfliehen konnte. Sie waren seit tausenden von Jahren Todfeinde und Gregory würde alles tun, damit er ihn endlich töten konnte. Und wie er den Höllendämon einschätzte hatte der sich eine besonders schlimme Todesart für ihn ausgedacht. Bei dieser Überlegung keimte sofort wieder der Gedanke an Flucht in ihm auf.

Doch was wurde aus Isabella, wenn er floh? Da er den Zeitpunkt ihrer geplanten Vermählung mit Satan nicht kannte, konnte er es nicht riskieren sie allein hier zu lassen. Denn hatte Satorios sie erst einmal in die Hölle verschleppt, gab es für sie kein Zurück mehr. Nein, er musste unbedingt in ihrer Nähe bleiben. Selbst wenn er dafür Folterqualen erdulden würde.

Im Erdgeschoß angelangt stießen ihn die Männer zu der alten Kellertür. Sie sah nicht besonders stabil aus, doch das täuschte. Er hätte gerne beobachtet wie der Mechanismus funktionierte, doch einer der Kerle schob sich vor ihn und hantierte lautlos daran herum. Kurz darauf glitt die Tür auf, ohne ein Geräusch zu machen.

Jonah bekam unvermutet einen harten Stoß in den Rücken und taumelte vorwärts. Er tat als wolle er einen Sturz vermeiden, indem er sich an der Tür festhielt. Doch eigentlich wollte er einen Blick auf deren Beschaffenheit werfen. Es konnte gut möglich sein, dass er dieses Wissen noch brauchte.

Tatsächlich wäre die Tür bestens dafür geeignet gewesen einen Tresorraum zu schützen. Ihr marodes Äußeres verbarg ein wahres Wunderwerk an Sicherheitstechnik. Doch um es sich genauer anzusehen, ließ man ihm keine Zeit. Er wurde hindurchgestoßen und hörte, wie hinter ihm die Tür mit einem endgültigen Geräusch wieder zufiel.

Der dahinterliegende Gang war lang aber so eng, dass sie hintereinander laufen mussten. Alle paar Meter waren Lampen an der Decke angebracht, deren schwaches Licht jedoch kaum den Fußboden erreichte. Nach etwa hundert Metern ging der gemauerte Gang in eine Art Stollen über. Die Wände sahen aus als wären sie aus dem Fels gehauen, der Boden wurde uneben und Jonah spürte wie es zunehmend wärmer wurde, je weiter sie vorankamen. Eine Quelle für die ungewöhnliche Wärme konnte er jedoch nicht ausmachen. Er begann zu schwitzen und bald lief ihm der Schweiß in Strömen vom Körper. Die Atemluft wurde ebenfalls immer heißer und bald meinte er, er würde glühende Luft einatmen.

Er begann zu keuchen. Der Dämon, der vor ihm lief, drehte sich zu ihm um und grinste ihn böse an. Sein Gesicht war zu einer Fratze geworden.

„Die Hitze gefällt dir wohl nicht, Engel? Dein Pech, denn dort wo wir dich hinbringen, ist es noch viel heißer." Er lachte hämisch.

Jonah zog es vor nicht zu antworten, er biss die Zähne zusammen und versuchte mit dem Dämon Schritt zu halten, um den andauernden Stößen in seinen Rücken zu entgehen. Doch dem Dämon, der hinter ihm lief, schien es Spaß zu machen ihn vorwärts zu stoßen.

Endlich kam ein großes schwarzes Tor in Sicht und kurz darauf blieben sie davor stehen. Einer der Dämonen griff nach dem klobigen Hammer, der an einer Kette am Tor hing, und schmetterte ihn mit Wucht dagegen.

Die Hitze war kaum noch zu ertragen und Jonah befürchtete dass es hinter dem Tor noch heißer wurde. Inzwischen war ihm klar, dass er vor einem Höllentor stand. Er hätte gerne auf diese Erfahrung verzichtet, doch an Flucht war längst nicht mehr zu denken.

Er fühlte sich furchtbar erschöpft und Durst plagte ihn. Als Geschöpf des Himmels, an Freiheit, saubere Luft und Kühle gewohnt, litt er bereits jetzt schon Höllenqualen. An das, was ihn hinter dem Tor erwartete mochte er gar nicht denken.

Die Dämonen um ihn herum schienen sich hingegen darauf zu freuen, wieder in ihre gewohnte Umgebung zu kommen. Bisher hatten sie noch menschlich gewirkt, jetzt mutierten sie vor seinen Augen zu teuflischen Monstern. Beschuppte Leiber quollen aus der zerreisenden Kleidung und ihre Gesichter verwandelten sich zu hässlichen Fratzen mit schwarzen spitzen Zähnen und Reptilienaugen mit geschlitzten Pupillen. Ihre Hände verwandelten sich in lange, klauenbewehrte Finger, mit denen sie nach ihm grapschten.

Jonah durchfuhr bei ihrem Anblick Grauen und Furcht. Er war schon mehreren Dämonen begegnet und hatte sie mit seinem Feuerschwert getötet. Doch nie zuvor war er ihr Gefangener gewesen. Auch war er noch nie in der Hölle gelandet, kannte diesen Ort nur von Gesprächen mit anderen Engeln, die ebenfalls noch nie dort waren.

Mit einem kreischenden Geräusch öffnete sich das Tor vor ihnen, darin stand mit dämonischem Grinsen Gregory Satorios. Nur kurz durchzuckte Jonah die Frage, wie er wohl hierhergekommen war. Es musste noch einen andern Weg geben, als der durch den Kellergang.

„Ach, da bist du ja endlich. Hereinspaziert in mein Reich."

Mit einer großartigen Armbewegung gab der Dämon die Tür frei und Jonah stolperte, unterstützt durch einen Stoß in den Rücken, an ihm vorbei. Fast wäre er vor dem Dämon auf die Knie gestürzt, konnte sich nur durch große Anstrengung auf den Beinen halten. Wie er schon befürchtet hatte war die Hitze hier drin noch stärker als draußen, sie war kaum noch auszuhalten. Er bekam immer schwerer genügend Luft in seine Lungen. Satorios schien sich allerdings sehr wohl zu fühlen. Er hatte sich wieder in seine Dämonengestalt verwandelt, doch von den anderen Dämonen unterschied er sich durch seine riesige Gestalt.

„Du bist so schweigsam gefällt es dir nicht in der Hölle?“ fragte er scheinheilig. „Das tut mir Leid, denn du wirst hier noch eine Zeitlang ausharren müssen. Du wirst mein besonderes Geschenk zur Vermählung Satans mit Isabella sein. Bis dahin fühle dich als mein Gast.“

„Ich weiß nicht ob sich dein Boss über einen toten Engel als Hochzeitsgeschenk freut“ brachte Jonah mühsam hervor.

„Ich kann in dieser Hitze kaum atmen...“ Wie zur Bestätigung seiner Worte verlor er das Bewusstsein und fiel Satorios vor die Füße.

Benommen rappelte er sich auf und blickt sich um. Der Anblick trug allerdings nicht dazu bei, ihn fröhlicher zu stimmen denn er befand sich in einer kleinen..., was war das eigentlich? Es machte den Eindruck als sei es ein Erdloch oder eine Höhle im Fels. Besonders hell war es auch nicht, erst nach einer Weile gewöhnten sich seine Augen an die Düsternis. Durch Abtasten erspürte er seine Umgebung und stellte fest, dass sein Gefängnis aus solidem Felsgestein bestand. Und es war klein, sehr klein, es reichte gerade mal, dass er sich hinlegen und ausstrecken konnte, und auch die Höhe ließ zu wünschen übrig. Aber hier war es immerhin kühl und er konnte ohne Mühe atmen. An der Wand rann ein kleines Rinnsal herab und daneben war eine eiserne Kelle mit einer kurzen Kette an der Wand befestigt. Wenigstens musste er keinen Durst leiden. Er nahm die Kelle, hielt sie unter das Rinnsal, und trank von dem eisigen Wasser.

Sein Kopf wurde langsam klarer, so dass er über alles nachdenken konnte was seit seinem Einstieg in Satorios Haus geschehen war. Wirkliche Erkenntnis brachte ihm das nicht, doch immerhin wusste er jetzt, dass es auf Satorios Grundstück einen Eingang zur Hölle gab. Bloß schade dass er das nicht Morgana und Dante mitteilen konnte. Durch die Felsen hindurch würden selbst seine Engelskräfte nicht ausreichen. Er war leider ganz auf sich alleine gestellt.

Sein Gefängnis konnte allerdings nicht zur Hölle gehören, dafür war es zu kalt. Doch allzu weit war es sicher nicht davon entfernt. Er vermutete es lag in der Felswand verborgen, die hinter Satorios Haus verlief. Er fragte sich, wie viele Gefangene schon vor ihm hier eingesperrt waren. Denn dieser Raum war sicher nicht extra für ihn in den Fels gehauen worden. Er war speziell für menschliche oder himmlische Wesen da, die in der Höllenhitze nicht überleben konnten.

Nachdem er seinen Durst gestillt hatte, legte er sich auf den nackten Boden und versuchte, es sich einigermaßen bequem zu machen. Bei dem unebenen Boden war das aber kaum möglich, da ihm mehrere spitze Felsbrocken in den Rücken stachen. Da er sich noch immer schwach fühlte blieb er dennoch liegen und versuchte den Schmerz zu ignorieren. Schließlich fiel er sogar in einen leichten Schlaf.

# Kapitel 16: Vereint

Nur einen Moment überlegte Isabella ob sie sich in den engen Gang, der hinter der Tür ins Ungewisse führte, wagen sollte. Dann ging sie entschlossen los. Kaum war sie ein paar Schritte gegangen, fiel hinter ihr die Tür mit lautem Knall zu.

Erschrocken drehte sie sich um und blickte zurück, doch es war niemand hinter ihr, wie sie befürchtet hatte. Sie sah aber auch dass die Tür von innen keine Klinke hatte. Es gab für sie keinen Weg zurück.

Für einen kurzen Moment überkam sie Furcht, sie fühlte sich wie ein Tier in der Falle. Dann dachte sie an Jonah, der vor ihr diesen Weg gegangen war. Sie würde ihm folgen, egal welche Konsequenzen sich daraus für sie ergaben.

Je weiter sie dem Gang folgte, desto wärmer wurde es. Sie konnte sich die Hitze nicht erklären, denn es gab keinen Anhaltspunkt dafür. Schon bald klebten ihr die Kleider am Leib, dennoch ging sie entschlossen weiter. Inzwischen hatte sie den Stollen erreicht der stetig leicht nach unten abfiel. Wo mochte er sie hinführen?

Um sie war es so still dass sie meinte ihren eigenen Herzschlag hören zu können. Ab und zu bewegten sich ein paar Steinchen unter ihren Füßen und machten kratzende Geräusche. Doch außer ihr schien es niemand zu hören.

Als sie das große Tor erreichte blieb sie unschlüssig davor stehen. Die Hitze war hier kaum noch zu ertragen, sie keuchte und konnte nur noch durch den Mund atmen, da ihre Nase innerlich vertrocknet schien. Jeder Atemzug tat ihr weh und Durst quälte sie.

Ein riesiger Hammer hing an einer Kette am Tor. Sie griff danach, ließ ihn aber sofort mit einem Schrei wieder los, denn er war glühend heiß.

Wo bin ich nur und was tue ich hier, fragte sie sich voller Grauen. Alles kam ihr so unwirklich vor, fast meinte sie sie wäre in einem Albtraum gefangen. Die grauenhafte Hitze und der Durst taten ein Übriges, dass Isabellas Sinne schwanden. Sie sank zu Boden und blieb reglos liegen.

Kurz darauf wurde das Tor geöffnet. Der wachhabende Dämon kratze sich den mit borkigen Schuppen bedeckten Kopf und starrte auf die junge Frau zu seinen Füßen. Dann drehte er sich um und rief mit gutturalen Lauten nach Hilfe. Nach und nach kamen noch mehr dämonische Gestalten und glotzten neugierig auf Isabella. Doch keiner wagte sie zu berühren. Irgendwann lief einer davon und kam kurz darauf mit Gregory Satorios zurück.

Der verzog sein hässliches Dämonengesicht zu einem bösen Grinsen, wobei er schwarze spitze Zähne präsentierte.

„Mein Engelchen kommt freiwillig zu mir in die Hölle" sagte er mit einer Stimme, die wie das Kreischen einer rostigen Kettensäge klang. Einen Moment blickte er auf den verkrampften Körper Isabellas, die kaum noch atmete und erkannte, dass schnell gehandelt werden musste, wollte er sie nicht verlieren.

„Schafft sie hinaus an die frische Luft und flößt ihr Wasser ein. Aber seid vorsichtig, damit sie es nicht einatmet. Diese Engelwesen sind alle nicht besonders belastbar. Danach bringt ihr sie in die Zelle neben der des Engels. Ich werde später entscheiden was weiter mit den Beiden geschieht."

Er entfernte sich und zwei Dämonen schickten sich an seine Anweisung zu befolgen. Sie packten Isabella grob unter den Armen und schleiften sie zu einer Nische. Dort gab es eine Tür, die in eine völlig andere Welt zu führen schien. Kühle Luft drang in die Hitze der Höhle, und einer der Dämonen beeilte sich die schwere Tür wieder hinter sich zuzuwerfen.

Isabella wurde einfach auf den Boden gelegt und einer der Dämonen stapfte missmutig zu einem Brunnen aus dem er mit einer Kelle Wasser schöpfte. Der andere hob Isabellas Oberkörper an und sie flößten ihr Wasser ein. Sie begann sich zu regen und würgte, als ihr Wasser in den Hals lief. Der Überlebenswille sagte ihr dass sie trinken musste, doch richtig kam sie nicht aus ihrer Ohnmacht heraus.

Die beiden Dämonen fanden es wäre genug was sie getrunken hatte und packten sie erneut unter den Armen, um sie zu einer weiteren Tür zu schleppen, die in eine Felswand eingelassen war. Der eine zückte einen Schlüsselbund und öffnete die Tür. Beißender Gestank kam aus dem kleinen Felsengefängnis und die Dämonen starrten mit stumpfen

Blicken auf einen verwesten Körper, der darin lag. Mit guttural klingenden Lauten beratschlagten sie was sie tun sollten. Sie froren und wollten schnell zurück in die Hölle. Den vergessenen Leichnam aus der Höhle zu holen und fortzuschaffen würde eine Weile dauern. Deshalb beschlossen sie die bewusstlose Frau einfach zu dem anderen Gefangenen in die Zelle zu sperren.

Eilig schlossen sie die Tür des anderen Felsengefängnisses auf und stießen Isabella einfach hindurch. Zufrieden warfen sie die Tür hinter ihr zu und beeilten sich schnell wieder aus der Kälte zu kommen.

Jonah erwachte aus seinem leichten Dämmerschlaf und richtete den Oberkörper auf. Irgendein Geräusch hatte ihn geweckt. Dass er überhaupt eingeschlafen war, zeigte ihn, welch großen Strapazen sein Körper ausgesetzt gewesen war, denn eigentlich schlief er nie.

Es blieb ihm jedoch keine Zeit darüber nachzudenken denn in der Wand seines Gefängnisses tat sich eine Lücke auf die schnell zur Größe einer schmalen Tür anwuchs, die nahezu unsichtbar in den Fels eingebaut war. Durch den schmalen Einlass wurde eine zierliche Gestalt geschoben, danach fiel die Tür wieder zu.

Die Gestalt schien bewusstlos zu sein, denn sie fiel direkt auf ihn. Geistesgegenwärtig hielt er sie fest, damit ihr Kopf nicht an die Felswand schlug.

Schon als er nach ihr griff wusste er wer da zu ihm

gekommen war. Ein schmerzhafter Stich durchfuhr sein Herz, wieso war Isabella hier in der Hölle? Er hatte gehofft sie wäre noch in der ebenfalls fragwürdigen Sicherheit ihres Zimmers eingesperrt. Das wäre allemal besser als hier unten, gemeinsam mit ihm.

Nach Satorios' Worten konnte Jonah sich ausmalen was in der nächsten Zeit mit ihm geschehen würde. Er war auf Erniedrigung, Folter und Tod gefasst und würde es durchstehen können, da war er sich sicher. Aber er würde es nicht ertragen wenn Isabella etwas geschah. Sie leiden zu sehen wäre die größte Qual für ihn.

„Jonah? Bist du das?" unterbrachen Isabellas gehauchte Worte seine angstvollen Gedanken. Sie bewegte sich leicht in seinen Armen. „Warum ist es so dunkel" Sie klang so schwach, dass er sie an sich zog und schützend seine Arme um sie legte. Sie zitterte.

„Wir sind in einer kleinen Felsenzelle gefangen, in einer sehr kleinen. Ich werde dir also zwangsläufig näher sein, als du es vielleicht möchtest. Und um deine Frage zu beantworten, es gibt kein Licht hier. Nur das bisschen Tageslicht, das durch das winzige Loch hereindringt, aus dem das Rinnsal sickert. Hast du Durst?"

„Nein, diese grässlichen Gestalten haben mir Wasser eingeflößt, bevor sie mich hier rein schoben. Hast du sie gesehen? Das waren keine Menschen."

„Dämonen" antwortete er knapp und überlegte, ob er ihr die ganze Wahrheit erzählen sollte. Er fand, der

Zeitpunkt wäre genauso gut, wie jeder andere. Sie stand noch unter Schock. Aber schließlich musste sie langsam die ganze Geschichte erfahren.

„Dein … Vater ist ebenfalls solch ein hässlicher Dämon, er ist sogar der Chef dieser Einrichtung hier."

Er ahnte mehr als er sah, wie sie die Stirn runzelte.

„Das hast du mir schon einmal gesagt, aber ich kann es immer noch nicht glauben. Wo sind wir überhaupt? Ich erinnere mich daran durch die Kellertür gegangen zu sein. Dann wurde es immer heißer…"

„Wir sind in der Hölle und dein Vater ist ein Teufel" sagte Jonah nüchtern und fügte leise hinzu: „Und wenn kein Wunder geschieht, so werden wir beide hier sterben."

Er erklärte ihr nochmals umfassend und ausführlich alles was er selbst wusste, und sie hörte ihm stumm zu.

„In wenigen Tagen wird Satorios dich Satan als Braut zuführen und du wirst dem Höllenfürst ein Kind gebären, mit dessen Hilfe sie die gesamte himmlische Ordnung umkehren wollen. Das wäre das Ende für all die Milliarden Engel, denn wer sich Satans Brut widersetzt wird vernichtet werden", endete er düster.

„Und ich werde bis in alle Ewigkeit Schuld auf mich laden, da ich nicht imstande gewesen war das zu verhindern."

Sie ging nicht auf seine düstere Prognose ein.

„Deshalb hast du Satorios gesagt als Engel besäße ich keine Organe, die zur Fortpflanzung dienen. Was übrigens nicht stimmt."

170

Er lachte rau auf. „Ein Versuch war es wert, aber woher weißt du…"

Dein Blut hat mich geheilt, ich war bei Bewusstsein und habe alles gehört."

Sie überlegte einen Moment, dann fragte sie: „Es ist also zwingend notwendig dass ich unberührt bin, bis ich Satans Sohn empfangen soll. Deshalb hat Satorios so streng darüber gewacht, dass ich keinen Kontakt zu männlichen Wesen aufnehme. Hmm, das bringt mich auf eine Idee wie wir diesen teuflischen Plan doch noch verhindern können. Und der Teufel persönlich hat uns das ermöglicht."

Jonah brauchte nicht zu überlegen von was sie sprach, denn Isabella legte ihm die Arme um den Nacken und zog ihn an sich. Wie von selbst trafen sich ihre Lippen zu einem innigen Kuss.

Es war als hätten sie beide schon lange auf diesen Moment gewartet, es gab kein Zögern und keine Bedenken. Innig umschlungen sanken sie zu Boden, küssten sich voller Leidenschaft und rissen sich gegenseitig die Kleider vom Leib. In diesem Moment waren sie keine Gefangenen und auch keine Engel sondern ein Liebespaar, das sich voller Leidenschaft vereinte.

Isabella stöhnte leise auf, als Jonah in sie eindrang, doch gleichzeitig drängte sie sich an ihn. „Hör nicht auf", flüsterte sie in sein Ohr. „Nur dir will ich gehören, selbst wenn ich dafür sterben muss."

„Du wirst nicht sterben, das werde ich nicht zulassen" murmelte er rau und verschloss ihre Lippen mit seinem Mund. Mit all seinen Sinnen genoss er ihren Körper und gab ihr gleichzeitig alles, zu dem er fähig war. In dem Moment gab es keine Bedrohung für sie und die Hölle war weit weg. Sie spürten weder die Enge des Raumes noch den unebenen Felsboden unter ihren nackten Körpern sondern nur die Glückseligkeit ihrer Vereinigung.

Später lagen sie noch immer eng umschlungen nebeneinander, zu aufgewühlt um zu schlafen, aber auch zu erschöpft um zu reden. Isabella lag in Jonahs Arm gekuschelt, Strähnen ihrer lockigen rotblonden Haare breiteten sich über seine Brust aus.

„Wir sollten uns anziehen" meinte Jonah schließlich und richtete seinen Oberkörper auf. „Falls jemand nach uns schaut, wäre es nicht so gut uns so zu sehen. Es reicht wenn Satorios an dem Tag deiner geplanten Vermählung mit Satan erfährt, dass du von mir geschändet wurdest."

Sie kicherte. „Geschändet? Ich würde es anders nennen. Aber du hast Recht. Hilfst du mir aufzustehen?"

Er stand bereits und reichte ihr seine Hand, um ihr aufzuhelfen. Isabella starrte zu ihm hoch, wie er da nackt über ihr stand. „Würdest du für mich deine Flügel ausbreiten, nur einmal kurz. Das muss wunderschön aussehen." In ihren Augen stand erneutes Begehren.

Er lachte ein wenig irritiert, tat ihr jedoch den Gefallen. Ganz konnte er seine Flügel nicht entfalten, dafür war der Raum zu klein. Doch Isabella schaute ihn voller Verzückung an.

„Mein wunderschöner nackter Engel. Was meinst du wenn wir das hier überleben sollten, bekomme ich dann auch wieder Flügel? Du sagtest doch ich war mal ein Engel."

Jonah schaute sie einen Moment zärtlich an, dann kniete er sich neben sie und nahm sie in die Arme. Seine Flügel breitete er wie einen Umhang um sie beide während er sie küsste. Dann drückte er Isabella fest an seine Brust.

„Ich werde alles tun damit wir lebend hier herauskommen, das verspreche ich dir. Und ja, du wirst Flügel haben, du hattest sie schon immer. Sie sind nur in einer Hautfalte auf deinem Rücken verborgen. Ich kann sie fühlen wenn ich dich umarme."

„Sie schaute ihn ungläubig an.

„Wirklich? Warum ist das niemandem aufgefallen. Als ich noch ein Kind war, wurde ich von meinem Kindermädchen gebadet und in der Schule ging ich mit den anderen Mädchen schwimmen. Nie ist es jemandem aufgefallen."

„Für Menschen sind sie weder sichtbar noch können sie sie fühlen. Aber wenn es an der Zeit ist, dann kannst du sie entfalten, so wie ich meine. Das tut noch nicht einmal weh."

Anscheinend interessierte es jedoch keinen wie sie in der kleinen Zelle zurechtkamen, denn weder kam Satorios um nach ihnen zu sehen, noch schickte er seine Dämonen um ihnen Nahrung zu bringen. Wie lange sie schon in ihrem engen Gefängnis ausharrten, wussten sie irgendwann beide nicht mehr zu sagen, die Zeit schien stillzustehen.

„Er will uns einfach hier verhungern lassen", meinte Isabella mutlos. Doch Jonah war anderer Meinung. Satorios würde von seinem Plan nicht abweichen, Isabella mit Satan zu vereinen. Schließlich hatte er über zwei Jahrzehnte ein für ihn ödes Erdenleben geführt, um sie auf dieses Ereignis vorzubereiten. So nah vor seinem Ziel würde er sich durch nichts und niemand davon abbringen lassen.

Was sein eigenes Schicksal betraf glaubte er ebenfalls nicht, dass sein Erzfeind ihn so einfach hier sterben lassen würde. Der Dämon wusste genau dass Engel in Menschengestalt ähnliche körperliche Bedürfnisse hatten wie gewöhnliche Menschen auch. Und er wusste dass er ihn schwächte, wenn er ihm lange Nahrung vorenthielt. Ganz sicher gehörte das zu seinem Plan, denn je schwächer er war desto leichter konnte er ihm den Todesstoß versetzen. Satorios würde darauf bestehen dass sie Beide ihren letzten Kampf Mann gegen Mann oder besser gesagt Dämon gegen Engel austrugen. Fair verteilte Chancen waren ihm dabei aber eher hinderlich. Für ihn zählte es nur ihn endlich zu töten.

# Kapitel 17: Ausgeliefert

Eng aneinander gedrängt schliefen Jonah und Isabella irgendwann ein. Doch als die Tür ihres düsteren Gefängnisses geöffnet wurde, fuhren sie erschrocken auseinander. Isabella drückte sich angstvoll an die felsige Wand hinter ihrem Rücken.

Doch der Dämon, der sein hässliches Gesicht durch die Tür schob, interessierte sich nicht für sie. Mit seiner, einer Reptilienklaue ähnlichen Hand, deutete er auf Jonah und gab knurrende Töne von sich.

„Nein, geh bitte nicht", wisperte Isabella leise, doch Jonah erhob sich etwas mühsam auf die Knie und stemmte sich dann hoch.

„Hab keine Angst, alles wird gut", murmelte er in ihre Richtung und versuchte seiner Stimme einen festen Klang zu verleihen. Dann zwängte er sich durch die enge Tür, bevor sie ihn aufhalten konnte.

Die Reptilienhand packte ihn an der Schulter und zog ihn ins Freie. Dann stieß ihn der Dämon vorwärts auf eine der Türen zu, die rundum in die Felswände eingelassen waren.

Jonah atmete tief ein und aus, er fürchtete wieder in der Hitze der Hölle zu landen. Dennoch überquerte er scheinbar ungerührt vor dem Dämon den Platz und blieb dann vor der Tür stehen, zu der er gestoßen wurde.

Sein Wärter hämmerte mit der Faust dagegen, kurz darauf wurde geöffnet und sie betraten einen Raum, der einem Gewölbe ähnelte. Sein Wächter bedeutete ihm stehen zu bleiben, er nutzte den Stopp um sich umzusehen. Seine Augen gewöhnten sich schnell an die Düsternis, so dass er sich einen Überblick verschaffen konnte. Falls er eine Möglichkeit zur Flucht bekäme, woran er allerdings nicht glaubte, war es gut die Räumlichkeiten zu kennen.

Zwischen den dunklen Felswänden entdeckte er ringsum mehrere Gänge, die jedoch alle in undurchdringliche Finsternis führten. Nur ein Gang wurde von einigen Pechfackeln in zuckendes Zwielicht getaucht, und genau darauf stieß ihn jetzt der Dämon zu. Der unvermutete Stoß brachte ihn ins Straucheln und es kostete ihn Mühe nicht zu stürzen.

Der Gang war nur kurz und führte in ein weiteres Gewölbe. Jonah erkannte auf den ersten Blick, dass er sich in einer Art Wohnbereich befand, denn es gab einen aus grobem Holz gezimmerten Stuhl, den man mit etwas Fantasie als Thron bezeichnen konnte. Er war von einem schwarzen zottigen Bärenfell bedeckt, der Kopf des Bären hing an einem hölzernen Gestell daneben, aus den Augenlöchern glomm rotes Feuer. Auch der Boden um den Thron war mit dunklen Fellen bedeckt. Dahinter war ein grober Kamin aus der Wand gehauen, in dem ein Feuer loderte, das bullige Hitze verbreitete. Sein zuckender Schein warf bizarre Lichter an die Felswand.

Jonah konnte ein Husten nicht unterdrücken, denn der Raum war mit Rauch gefüllt, der seine Atemwege reizte. Den Dämon, der hinter ihm stand, schien das zu erheitern, er stieß ein krächzendes Lachen aus und schlug ihm so kräftig zwischen die Schulterblätter, dass Jonah mit einem Keuchen auf die Knie fiel.

„Na, das gefällt mir, das ist die Haltung die einem Engel angemessen ist, wenn er einem Fürsten der Hölle begegnet. Du brauchst dich gar nicht erst zu bemühen aufzustehen, denn mir gefällt es dich auf Knien vor mir zu sehen."

Satorios stand so dicht vor Jonah, dass der den Kopf in den Nacken legen musste, um ihm ins Gesicht zu sehen. Der Dämon zeigte sich hier in seinem Reich als das Monster, dass er war. Seine schuppige graue Haut war mit Warzen übersäht, aus denen ein klebriges Sekret lief, das einen widerlichen Gestank verströmte.

Jonah zog es vor nicht zu antworten, er zwang sich zum flachen Atmen, denn der Geruch so dicht vor seiner Nase brachte ihn zum Würgen. Dazu kam die Hitze, die ihm den Schweiß aus den Poren trieb. Er bemühte sich verzweifelt seinem Erzfeind so wenig Schwäche wie möglich zu zeigen, doch war er sich sicher dass er das nicht lange durchhalten konnte.

Der Dämon schaute aus kalten Schlangenaugen auf den Engel herab, sein Blick war grausam und gnadenlos. Jonah hielt ihm stand, obwohl seine Augen tränten verkniff er es sich mit eisernem Willen zu blinzeln. Er wusste von früheren Begegnungen mit Satorios dass er weder Gnade erwarten konnte, noch sie annehmen würde. Jegliche Gedanken an sein eigenes Schicksal hatte er verdrängt, für ihn galt es einzig Isabella zu retten. Wenn es sein musste, so würde er sich für sie zu Tode foltern und in Stücke zerhacken lassen.

Als wisse er genau um diese Gedanken verzog Satorios sein Reptilienmaul zu einem hämischen Grinsen und zeigte seine schwarzen spitzen Zähne.

„Du wirst es noch bereuen dich in meine Angelegenheiten eingemischt zu haben" knurrte er gefährlich leise. „Eine kleine Lektion wirst du jetzt sofort erhalten, das Finale muss noch etwas warten, denn damit werden wir an der Hochzeit das Brautpaar und seine Gäste erheitern."

Er gab dem Kerl der unbeweglich hinter Jonah ausharrte mit einer herrischen Handbewegung ein Zeichen, dann wandte er sich brüsk ab und verließ den Raum.

Jonah, durch Gestank, Rauch, Hitze und der daraus resultierenden Atemnot kaum zur Gegenwehr fähig, musste es dulden dass er derb am Genick gepackt und weg geschleift wurde. Er konnte sich kaum bewegen und war fast dankbar über die enormen Kräfte des Schergen, der ihn im Nacken gepackt hielt wie eine Katze ihr Junges.

Er wurde durch einen weiteren dunklen Gang geschleift und eine weitere Tür wurde geöffnet. Dann ließ ihn der Kerl einfach los und er fiel auf den harten Steinboden.

Man gab ihm nicht die Chance selbst aufzustehen, erneut griffen Klauenhände nach seinen Armen und zogen ihn zu einer klobigen Steinsäule. Bevor er wusste wie ihm geschah wurden seine Handgelenke hochgezogen und mit eisernen Bändern an den Stein gefesselt. Er lag auf den Knien, die Arme nach oben gezogen und konnte sich nicht mehr rühren. Erschöpft ließ er den Kopf sinken.

Satorios stand plötzlich wieder neben ihm, Jonah konnte ihn zwar nicht sehen, spürte aber deutlich seine Präsenz. Der Dämon riss ihm mit einem Ruck das Shirt vom Oberkörper. Dann fuhr er ihm mit seinen spitzen Krallen über den Rücken.

„Was für einen schönen Körper du hast, Engel", meinte er mit einer Stimme, die vor Gehässigkeit und Häme troff. „Und deine Flügel, so wunderbar versteckt unter einer Hautfalte. Eine richtig gut durchdachte Konstruktion von deinem Schöpfer. So schöne Flügel hatte ich auch einmal. Zu schade, dass sie verbrannten als ich zur Erde fiel."

Er schaute sich wehmütig über die Schulter, wo die verkohlten Stummel aus der vernarbten Haut ragten. Doch der Ausdruck der Trauer wich schnell wieder aus seinen Augen und machte dem gewohnten Hass Platz. Mit brutaler Gewalt bohrte er beide Klauen in die Hautfalten auf Jonahs Rücken. Mit einem Ruck riss er erst den einen und dann den anderen Flügel daraus hervor und zog sie auseinander.

Der Schmerz kam so jäh und war so stark, dass Jonah sich aufbäumte und einen lauten Schrei ausstieß. Der Dämon quittierte es mit einem Lachen und zog die Flügel noch weiter auseinander.

Jonah spürte wie weitere Klauen seine Schwingen packten und solang daran zogen, bis sie völlig ausgespannt waren. Er biss die Zähne so fest er konnte zusammen, als er das typische Geräusch hörte, mit dem ein Schwert aus der Scheide gezogen wurde. Dann hörte er ein Sausen als es durch die Luft fuhr und im selben Moment das knackende Geräusch als sein rechter Flügel abgetrennt wurde. Noch bevor er den Schmerz richtig registrierte wurde auch sein linker Flügel abgetrennt.

Der Schmerz war nicht so stark wie er erwartet hatte, doch er spürte wie ihm Blut über den Rücken lief und hoffte, die Wunde würde sich schnell verschließen. Ein großer Blutverlust bedeutete Schwächung und die konnte er sich nicht leisten.

Er wurde von seinen Fesseln befreit und man richtete ihn auf. Satorios trat in sein Blickfeld, die beiden Flügel wie Trophäen in seinen Klauenhänden.

„Die werde ich mir an die Wand hinter meinem Thron hängen." Er wedelte mit den Schwingen vor Jonahs Nase und grinste hämisch. „Sie werden das Einzige sein, das von dir übrig bleibt."

Jonah erwiderte seinen Blick mit gespieltem Gleichmut und schwieg, er wollte vor seinem Feind nicht noch mehr Schwäche offenbaren, ihn aber auch nicht dazu animieren sich noch weitere Quälereien für ihn auszudenken. Innerlich atmete er deshalb auf als Satorios seinen Schergen mürrisch befahl, ihn in sein steinernes Gefängnis zurückzubringen.

Er wurde vorwärts gestoßen und biss die Zähne zusammen, als Dämonenklauen die Wunden auf seinem Rücken berührten. Die Ansätze seiner Flügel begannen erneut zu bluten, er spürte wie ihm warmes Blut den Rücken hinunter lief.

Die kühle Luft tat ihm gut, als er endlich den Bereich der Hölle verlassen konnte, mit tiefen Zügen sog er sie in seine überhitzten Lungen. Vor seinem Gefängnis blieb er stehen und wartete, bis einer der Dämonen aufschloss. Ein weiterer Stoß in den Rücken beförderte ihn in das dunkle Loch und er landete unsanft auf dem rauen Boden. Scheppernd wurde die Kerkertür ins Schloss geworfen und Dunkelheit umfing ihn.

Er lauschte in die Stille, war Isabella noch hier? Was, wenn sie ebenfalls zu Satorios gebracht worden war, fragte er sich bang. Doch dann hörte er ihr leises Atmen neben sich.

„Jonah, bist du das?" hauchte sie fast unhörbar und er gab Antwort, bevor er sich zum Sitzen aufrappelte.

Eilig kam sie auf ihn zu und umarmte ihn. Da sein Oberkörper nackt war, streiften ihre Hände die Wunden auf seinem Rücken. Er zuckte zusammen.

„Was ist mit dir? Bist du verwundet? Was hat man dir angetan?" Er konnte Besorgnis und Angst aus ihrer Stimme heraushören.

„Ist nicht so schlimm", wollte er sie beruhigen, doch sie hatte die Flügelstummel auf seinem Rücken schon entdeckt. Entsetzt schlug sie eine Hand vor den Mund.

„Was hat man dir angetan? Was ist mit deinen Flügeln geschehen? Dein Rücken ist voller Blut."

„Satorios meinte meine Flügel würden sein tristes

karges Heim ein bisschen aufpeppen" versuchte er zu scherzen, wurde aber gleich wieder ernst.

„Er wollte mir seine Macht demonstrieren und mich für meine Einmischung in seine Pläne bestrafen. Ich fürchte wenn wir keine Möglichkeit finden hier herauszukommen, wird er sich noch weitere schlimme Dinge einfallen lassen."

„Und alles wegen mir" wisperte sie mit Tränen in den Augen.

Dann sah sie ihn entschlossen an.

„Ich werde ihm versprechen alles zu tun, was er von mir verlangt, wenn er dich dafür in Ruhe lässt…"

„Du wirst den Teufel tun" widersprach er so hart, dass sie ihn erschrocken ansah. „Unsere Feindschaft währt schon seit tausenden von Jahren, seitdem ich Satorios persönlich aus dem Himmel auf die Erde geworfen habe. Das hat er mir nie verziehen und es wird erst enden, wenn einer von uns beiden tot ist. Du hast damit überhaupt nichts zu tun."

„Aber ich dachte Engel seien unsterblich. Hat du mir das nicht erzählt?"

Seine Stimme wurde wieder milder.

„Eigentlich sind wir unsterblich, so wie jede Seele. Und leider auch wie jeder Teufel oder Dämon. Es gibt nur eine Ausnahme: Wenn Satorios mich mit seinem Höllenschwert enthauptet, dann wird mein Körper und auch meine Seele zu Staub zerfallen. Dieses höllische Schwert hat Satan persönlich geschmiedet und ihm überreicht. Er soll damit möglichst viele Engel eliminieren."

„Und du, hast du auch so ein besonderes Schwert" wollte Isabella wissen. Jonah nickte.

„Ja, es wurde an Erzengel Michaels Schwert geschärft und mir von ihm persönlich überreicht. Um deiner nächsten Frage zuvorzukommen, ja ich trage es eigentlich immer bei mir, verborgen unter meinen Flügeln. Solange ich es nicht brauche ist es aber unsichtbar."

„Und wo ist es jetzt? Wenn du es unter deinen Flügeln trägst…"

Er stöhnte leise auf. An das Schwert hatte er gar nicht gedacht. Vorsichtig bewegte er die Schultern, doch das vertraute Gefühl war nicht mehr da. Satorios hatte die Waffe mit herausgerissen als er seine Flügel aus den Hauttaschen riss.

Isabella deutete sein erschrecktes Schweigen richtig. „Es ist nicht mehr da, ja. Hat er es jetzt? Und was bedeutet das für dich?"

Jonah dachte einen Moment nach, bevor er antwortete: „Ich denke mir dass das Schwert noch in meinen Flügeln hängt. Aber zum Glück kann er es weder sehen noch fühlen, somit ist es für ihn völlig wertlos."

„Aber es war dein einziger Trumpf. Jetzt bist du völlig wehrlos." Tränen traten in ihre Augen.

Tröstend nahm er sie in seine Arme und sagte bedauernd:

„Wir sind hier in der Hölle, Isabella. Hier ist meine himmlische Kraft leider sowieso nichts wert, auch nicht mit Schwert."

Sie schwieg eine Weile, dann fragte sie leise: „Werden sie wieder nachwachsen, deine Flügel? Falls wir hier doch noch lebend herauskommen."

Jonah sah in ihren Augen Traurigkeit und er küsste sie zärtlich.

„Ich weiß es nicht, doch ich hoffe es wird eine Möglichkeit geben wieder Flügel zu bekommen. Doch noch leben wir und wenn ich die geringste Chance bekomme unser Schicksal zu wenden, so werde ich sie ergreifen. Das verspreche ich dir. Du siehst erschöpft aus, ich denke wir sollten versuchen ein wenig zu schlafen."

Eng aneinander gekuschelt lagen sie auf dem harten Boden, doch schlafen konnten sie beide nicht. Deshalb hörten sie auch sofort das leise kratzende Geräusch, das an der Tür erklang. Ruckartig setzten sie sich auf und lauschten angespannt. Waren es Satorios' Schergen, die einen von ihnen abholen wollten?

# Kapitel 18: Zuflucht

Morgana schaute Dante bestürzt an.

„Was tun wir jetzt? Diese Mauer sieht sehr stabil aus. Das kann Stunden dauern, bis wir da durchkommen." Dante fuhr sich mit der Hand über die Augen und starrte die Steinwand an, als könne er sie mit seinen Blicken durchdringen.

„Wir müssen irgendwie da durch, es ist der einzige Weg der in diesen verdammten Keller führt. Auch wenn es Stunden dauert. Ich will gar nicht daran denken, was hinter der Mauer mit Jonah geschehen mag."

Morgana biss sich auf die Unterlippe und sah Dante erschreckt an. „Meinst du, er…"

„Nein, er ist nicht tot, das würde ich spüren. Du weißt selbst dass es fast unmöglich ist einen Engel zu töten."

„Ja, aber eben nur fast. Deshalb sollten wir uns umso mehr beeilen diese Mauer zu durchbrechen. Ohne Werkzeuge wird uns das nicht gelingen. Bloß, wo bekommen wir die möglichst schnell her?"

Dante zuckte mutlos die Schultern. „Vielleicht finden wir in der kleinen Kapelle etwas, das wir benutzen können. Ein kräftiges Stück Eisen würde uns schon helfen. Mit unseren Engelskräften werden wir es doch schaffen diese Wand einzureißen."

Er klang zwar nicht sehr überzeugt, dennoch machten sie sich auf den Rückweg. In der Gruft begannen sie mit der Suche nach geeigneten Werkzeugen, doch außer zwei angerosteten Kerzenhaltern gab es nichts was für ihre Zwecke zu gebrauchen war.

Sie stiegen die steinernen Stufen empor und begutachteten die spärliche Einrichtung der Kapelle.

Dantes Blick blieb an dem Kreuz hängen, das hinter dem Altar thronte. Es bestand aus Holz und war deshalb nicht als Werkzeug geeignet. Doch es war an einer vergoldeten Eisenstange befestigt, die aussah als wenn sie einiges aushalten könnte. Mit einem Schritt war Dante am Altar und begutachtete die Stange aus der Nähe. Sie war etwa eineinhalb Meter lang und fast armdick. Das Beste daran war jedoch die lange Spitze, die wie ein Korkenzieher in den hölzernen Sockel des Kreuzes hineingedreht war. Mit einiger Anstrengung drehte Dante ihn heraus.

„Die kann uns gute Dienste erweisen", meinte er und wog die Stange in der Hand. „Zumindest können wir damit die Steine lockern. Vielleicht finden wir ja noch ein zweites Werkzeug."

Tatsächlich fanden sie neben dem Beichtstuhl noch einen eisernen Kerzenständer, der recht stabil aussah. Da er vier Arme hatte war er zwar unhandlich, dennoch nahmen sie ihn mit. Nach einem kurzen Rundumblick verließen sie die Kapelle wieder und schleppten ihre Beute durch den engen Gang bis zur Mauer.

Ohne viele Worte zu machen begannen sie die Steine zu bearbeiten. Schnell bemerkten sie dass es ziemlich alte Ziegelsteine waren, die wohl längere Zeit irgendwo im Freien gelagert worden und teilweise gebrochen waren. Doch der Mörtel, mit denen sie verbaut waren, erwies sich als sehr stabil.

Sie wagten nicht die Mauer mit kräftigen Schlägen zu bearbeiten, da sie nicht wussten ob man das auf der anderen Seite hören konnte. Was sie dort erwartete konnten sie sich nur ausmalen. Doch sie vermieden es beide darüber zu sprechen. Die Mauer zu durchbrechen war der einzige Weg zu Jonah.

Dante hatte bald herausgefunden dass er am schnellsten vorwärts kam, wenn er die gewundene Spitze der Eisenstange in die Backsteine bohrte und sie durch kräftiges Rütteln lockerte. Morgana hebelte danach die Steine aus der Wand. Da sie über starke Engelskräfte verfügten kamen sie zügig voran. Doch leider waren mehrere Schichten Steine hintereinander verbaut worden, so dass es doch recht lange dauerte bis sie die Mauer endlich durchbrochen hatten.

Vorsichtig vergrößerte Dante das Loch so weit, dass er den Kopf durchstecken und so erkennen konnte, was sich auf der anderen Seite befand. Zufrieden stellte er fest dass er freies Gelände vor sich hatte. Er lauschte ob er die Anwesenheit von Höllenwesen feststellen konnte, doch das war nicht der Fall.

Verbissen arbeiteten sie daran das Loch in der Mauer zu vergrößern, waren dabei aber bedacht möglichst leise vorzugehen. Wenn ihr Treiben entdeckt wurde war die letzte Möglichkeit Jonah zu befreien dahin. Dann waren sie am Ende mit ihren Ideen und würden selbst fliehen müssen.

Endlich war das Mauerwerk soweit abgetragen, dass

ein Mensch von Dantes Statur durchkam. Jonah war zwar etwas größer als er, doch er würde schon irgendwie durchpassen. Jetzt galt es nur noch ihn zu finden.

Sie vereinbarten dass Dante allein durch das Loch stieg, falls man ihn entdeckte würde sich wenigstens Morgana in Sicherheit bringen können. Sie blieb jedoch dicht hinter dem Mauerloch um helfen zu können, falls es erforderlich war. Vorsichtig kroch Dante soweit in das Loch dass sein Kopf auf der anderen Seite herauslugte. Eilig sah er sich um, doch es war niemand zu sehen. Vor ihm lag eine Felsenlandschaft durch die ein gewundener Pfad lief. Er vermutete dass es die Felswand war, die in einiger Entfernung hinter Satorios Haus aufragte. Aus der Nähe betrachtet sah sie aus wie die Überreste eines alten Steinbruchs.

Er wand sich ganz durch das Loch und klopfte sich ganz in Gedanken den Schmutz von den Kleidern, obwohl die dadurch auch nicht mehr sauber wurden. Kurz sah er auf die Uhr, vier Uhr elf. Zwischen den Felsbrocken lagen dunkle Schatten, der Himmel war nicht mehr ganz dunkel, aber auch noch nicht hell. Eigentlich ein idealer Zeitpunkt für sein Vorhaben.

Er schlich ein paar Meter vorwärts und schaute sich dabei ständig lauschend um. Jetzt erkannte er dass in die Steinwände mehrere Stahltüren eingelassen waren, die sehr stabil aussahen. Wenn Jonah hinter einer davon gefangen war, sah es schlecht für seine Befreiung aus.

Er folgte weiter dem Weg zwischen den Steinen entlang und hoffte, dass ihn seine Ahnung nicht trog und er ihn hier finden würde. Tatsächlich entdeckte er bald die zwei Zellen, die in die Felswand gehauen worden waren. Die Türen, mit denen sie verschlossen waren, sahen nicht übermäßig solide aus. Zudem, entdeckte er voller Freude, waren sie nur von außen verriegelt.

Vorsichtig öffnete er die erste Tür und zog sie einen Spalt weit auf. Der Geruch nach Verwesung, der ihm entgegenschlug, ließ ihn die Luft anhalten. Wer auch immer da drin lag, er brauchte keine Rettung mehr. Er ließ die Tür wieder zufallen und ging zur nächsten Zelle. Sein Herz klopfte schmerzhaft in seiner Brust. Was, wenn auch hier nur noch ein Leichnam zu finden war? Doch dann zog er beherzt den Riegel zurück und öffnete die Tür.

Der Geruch der ihm hier entgegen kam war der von Schmutz und Schweiß, auch meinte er Blut zu riechen, doch zumindest roch es nicht nach Tod. Er steckte den Kopf in die Zelle und rief leise Jonahs Namen.

Nach einer kurzen Pause bekam er Antwort: „Dante, bist du das?"

„Wer sonst würde nach dir suchen" brummte er erleichtert und beugte sich ein Stück weiter vor.

„Wie geht es dir? Kommst du alleine hier raus oder muss ich dir helfen?" Er wollte nicht sofort fragen ob Jonah verletzt war und wie schwer, obwohl der Blutgeruch darauf hindeutete.

„Ich kann alleine raus und Isabella ebenso" antwortete Jonah knapp. Es entstand Bewegung in dem finsteren Verlies und eine Gestalt kam auf Dante zu. Er griff danach und zog Isabella ins Freie. Sie ging sofort zur Seite, so dass er auch Jonah packen und ihm heraushelfen konnte.

Inzwischen war es schon heller geworden und Dante betrachtete die beiden Geretteten kurz. Sie sahen schlimm aus, konnten aber beide stehen und hoffentlich auch gehen.

„Kommt mit" sagte er nur knapp und zeigte ihnen wo sie hin mussten. Zu seiner großen Erleichterung kamen sie gut voran und hatten kurz darauf das Loch in der Mauer erreicht. Er half Isabella hindurch, die auf der anderen Seite von Morgana in Empfang genommen wurde.

Als Jonah sich durch die Lücke zwängte, konnte Dante die Verletzung auf seinem Rücken erkennen und stieß ein leises Keuchen aus. Er wollte ihm helfen, doch Jonah war schon fast hindurch, nur seine Füße waren noch zu sehen. Als auch sie verschwunden waren folgte Dante eilig dem Freund und zwängte sich ebenfalls durch die Mauerlücke.

„Morgana, du gehst mit den Beiden so schnell ihr könnt zur Kapelle. Schließ gut die Tür hinter euch, da drin seid ihr ihn Sicherheit. Ich verschließe so gut es geht das Loch in der Mauer. Je länger unser Fluchtweg nicht entdeckt wird, umso besser für uns. Ich mache mich bemerkbar, wenn ich die Kapelle erreicht habe."

Morgana nickte knapp und ging mit Isabella und Jonah den Gang entlang. Als er sie in der Dunkelheit nicht mehr sehen konnte, drehte Dante sich um und begann damit die Steine wieder so in das Loch zu setzen, dass man es von der anderen Seite hoffentlich nicht sofort bemerkte. Sorgfältig füllte er noch die Spalten mit Erde und kleinen Steinen aus und hörte erst auf, als kein Lichtstrahl seiner Taschenlampe mehr durchdrang. Die übriggebliebenen Steine ließ er liegen und machte sich auf den Weg zur Kapelle.

Er rief Morgana auf dem Handy an, ließ es dreimal klingeln und legte wieder auf. Kurz darauf hörte er Morganas fragendes „Ja?" und antwortete ihr kurz.

Hinter dem geheimen Durchgang hörte er ein kratzendes Geräusch und schlüpfte eilig durch den Spalt, der sich auftat. Morgana sah ihm angespannt entgegen und gemeinsam rückten sie einen der schweren Sargdeckel vor die getarnte Tür. Das war als zusätzlicher Schutz gedacht, falls das Loch in der Mauer entdeckt wurde und ihnen jemand in die Gruft folgte.

Gegen Satorios war dieser Schutz nicht nötig, er konnte die geweihte Kapelle und auch die Gruft nicht betreten, auch keiner seiner Dämonen. Aber vielleicht hatte er ja auch gewöhnliche Menschen unter seinen Anhängern, was allerdings nicht sehr wahrscheinlich war, die könnten das geweihte Gebäude betreten ohne in Flammen aufzugehen.

„Wie geht es den Beiden?" wollte Dante wissen, während sie zur Treppe gingen, die zur Kapelle hinaufführte. Er warf Morgana einen besorgten Seitenblick zu. „Ist Jonah sehr schwer verletzt?"

Sie zuckte die Schultern und sagte mitleidig: „Man hat ihm mit einem Schwert die Schwingen abgeschlagen. Es blutet nicht mehr und wie er sagt, tut es nicht besonders weh. Ich weiß nicht ob es der Wahrheit entspricht, ich vermute dass er den körperlichen Schmerz einfach ignoriert. Wie er den Verlust seiner Schwingen seelisch verkraftet wage ich nicht zu entscheiden. Doch wir beide wissen wie stolz es ihn gemacht hat, als er von Michael goldene Flügelspitzen für seine treuen Dienste verliehen bekam."

Dante gab einen brummenden Ton von sich, sagte aber nichts dazu. Er umrundete den Altar und ging auf Jonah zu, der hinter der Eingangstür stand und durch das kleine Fenster nach draußen blickte. Er trug nur eine reichlich strapazierte Jeans, sein nackter Oberkörper war voller Schmutz und getrocknetem Blut. Die frischen Wundstümpfe auf seinen Schulterblättern leuchteten in hellem Rot.

Isabella saß in der hinteren Bankreihe nahe bei ihm, doch ihr Blick war auf ihre im Schoß gefalteten Hände gerichtet. Ihre rotblonden Locken standen ihr wirr vom Kopf ab und auch ihre Kleidung war schmutzig. Jetzt hob sie den Kopf und schaute Dante an.

Aus ihrem schmutzverschmierten Gesicht schauten ihn die ungewöhnlichsten Augen an, die er je gesehen hatte. Jonah hatte Recht, solche Augen konnten nur einem Engel gehören.

„Ich bin Dante, Jonahs Freund", stellte er sich kurz vor. „Wie geht es dir, Isabella? Bist du verletzt? Hat Satorios dir etwas angetan?" fragte er sie besorgt.

Sie schüttelte müde den Kopf.

„Körperlich nicht" sagte sie leise. Zu Jonah hinblickend wollte sie wissen: „Wie geht es jetzt weiter? Sind wir hier sicher? Ich meine das Haus meines Va…, von Satorios ist nicht sehr weit von der Kapelle entfernt. Was, wenn er uns hier findet?"

Jonah drehte sich um und kam zur ihr, setzte sich neben sie. „Er kann uns hier nichts tun", erklärte er ihr sanft. Das ist geheiligter Boden und den kann ein Höllenmonster wie er nicht betreten. Auch seine Handlanger nicht, sie würden in Flammen aufgehen."

An Dante gewandt meinte er: „Wir sollten trotzdem so schnell als möglich von hier verschwinden. Wer weiß was er sich einfallen lässt, sollte er bemerken dass wir hier festsitzen."

„Bist du stark genug etliche Kilometer durch den Wald zu laufen?" fragte Dante ihn ernst. „Morgana und ich kamen per Flügelkraft hierher, das ging schneller als mit dem Auto. Aber das ist in deinem Zustand keine Option und auch Isabella kann, wie du weißt, ihre Flügel noch nicht benutzen."

„Was machen wir dann? Hier warten bis Satorios uns ausfindig macht und uns die Kapelle über dem Kopf anzündet? Ich denke ich bin noch imstande ein paar Kilometer zu laufen ohne schlappzumachen. Wenn du mir nur deine Jacke leihen würdest. Ich komme mir etwas nackt vor."

Dante schaute ihn nachdenklich an. Der gereizte Ton seines Freundes machte ihm klar, dass er mehr unter dem Verlust seiner Flügel litt als er zugeben wollte. Ihm entging auch nicht das leichte Zittern von Jonahs Körper. Er fror, ein Zeichen von körperlicher Schwäche. Von menschlicher Schwäche.

Morgana, die Jonah ebenfalls beobachtete, mischte sich ein. „Nimm lieber meine Jacke, sie ist aus wiechem Stoff und wird nicht so auf den Wunden reiben wie der harte Jeansstoff von Dantes Jacke. Ich werde dir die Wunden zuvor noch versorgen. Du weißt ja, ich habe immer etwas für den Notfall dabei."

Zuerst wollte Jonah sie abweisen, doch er gab nach als er in ihre Augen blickte. Er wusste sie wollte ihm helfen und er wusste, dass er Hilfe brauchte. Nicht weil er schwer verletzt war oder große Schmerzen litt, sondern weil er es brauchte dass sich jemand einfach um ihn kümmerte. Der Verlust seiner Flügel zeigte ihm wie verletzlich er war. Stumm ließ er es über sich ergehen, dass sie die Wunden mit desinfizierenden Tüchern abtupfte und dann Verbände anbrachte. Doch als sie ihm in ihre Jacke helfen wollte, lehnte er ab.

„Nein danke, aber ich brauche keine Jacke, außerdem ist sie mir viel zu klein. Wenn ich mich darin bewege, zerreiße ich sie. Es geht mir auch schon wieder viel besser. Danke für deine Fürsorge." Er umarmte sie kurz und küsste sie auf die Stirn. Dann wandte er sich an Dante.

„Ist dir inzwischen eine Idee gekommen was wir tun

könnten? Ich denke, es bleibt uns nichts anderes übrig als zu laufen. Oder besser, ihr Beide fliegt voraus und besorgt ein Auto. Isabella und ich laufen derweil zur Straße und warten dort auf euch. Wenn wir Glück haben dann entdeckt Satorios erst in ein paar Stunden unser Verschwinden. Dann sind wir längst in Sicherheit."

„Und wenn wir Pech haben und er entdeckt es zu früh?" wollte Dante wissen. „Er wird Himmel und Hölle in Bewegung setzen euch wieder einzufangen. Wer soll euch helfen wenn Morgana und ich wegfliegen? Dann bleibt lieber hier in der Kapelle. Da seid ihr einigermaßen sicher. Noch besser, ich bleibe ebenfalls hier und Morgana fliegt alleine um ein Auto zu organisieren. Da fällt mir ein wo ist eigentlich Barnabas? Er sollte doch draußen auf uns warten."

„Das wird er auch noch tun", meinte Morgana lächelnd. „Schließlich hat ihn keiner reingelassen. Er bewacht die Kapelle, so wie er es gesagt bekommen hat. Ich werde ihn holen."

Sie ging zur Tür, öffnete sie einen Spalt weit und stieß einen kurzen Pfiff aus. Doch Barnabas kam nicht sofort, so wie es eigentlich seine Art war. Deshalb öffnete sie die Tür weiter und schlüpfte hindurch. Nach allen Seiten schauend lief sie ein paar Schritte an der Wand entlang bis zur Ecke. Jetzt konnte sie den Hund sehen, er stand ein Stück weiter und starrte zu dem Weg hin, der zu Satorios' Haus führte. Seine Nackenhaare waren gesträubt, er knurrte leise.

Morgana rief halblaut seinen Namen doch er schaute sich nicht nach ihr um sondern starrte unentwegt in dieselbe Richtung. Als Morgana seinem Blick folgte erkannte sie dunkle Gestalten, die geduckt zwischen den Bäumen liefen. Ihr Ziel war zweifellos die kleine Kapelle.

Morgana rief nochmals energisch Barnabas' Namen und der Hund drehte sich widerwillig zu ihr um und kam heran. Gemeinsam betraten sie die Kapelle und Morgana erzählte sofort von ihrer Beobachtung.

# Kapitel 19:  Hilfe von oben

Dante und Jonah gingen alarmiert zur Tür um sich selbst ein Bild zu machen. Isabella schlug erschrocken die Hand vor den Mund. Morgana ging zu ihr und legte ihren Arm um sie.

„Keine Angst, Isabella, wir sind hier in der Kapelle erst einmal sicher. Diese Monster können nicht herein, sie würden in Flammen aufgehen."

„Auch Satorios?" wollte Isabella wissen und Morgana nickte. „Der zuallererst."

Sie setzte sich neben sie und begann zu reden:

„Ich weiß nicht, inwieweit dir Jonah schon die Wahrheit über deinen..., über Satorios erzählt hat. Aber dieser Mann ist kein Mensch. Er war vor sehr langer Zeit einmal ein Engel, ein sehr hoch gestellter Engel. Doch dann kehrte er sich gegen Gott und wurde mit hunderten weiterer abtrünniger Engel des Himmels verwiesen. Aus Zorn darüber verbündete er sich mit Satan und wurde schließlich zu dessen Stellvertreter."

„Aber was hat das mit Jonah zu tun? Und mit mir? Jonah hat mir zwar schon einiges erzählt, aber das hat mich alles ziemlich verwirrt. Die schrecklichen Ereignisse im Keller des Hauses taten ein Übriges..."

Sie wurde unterbrochen, vor der Tür erscholl eine laute Stimme, die nicht menschlich klang. Doch was sie sagte war deutlich zu verstehen.

„Gebt mir meinen Engel heraus! Ich habe sie nicht lange Jahre auf ihre Aufgabe vorbereitet, damit ihr sie mir jetzt entführt. Schickt sie heraus und ihr könnt abziehen."

Dante lachte höhnisch. „Dem Wort eines Teufels werden wir keinen Glauben schenken. Isabella bleibt bei uns, ihr habt sie aus dem Himmel geraubt. Dorthin bringen wir sie zurück."

„Ihr kommt dort nicht heraus, ich werde euch mitsamt dieser verdammten Kapelle abfackeln. Erspart Isabella diesen grausamen Tod und schickt sie heraus. Dann bleibt sie am Leben."

„Was für ein Leben soll das sein?" fragte Dante bissig. „Als Braut des Satans? Außerdem ist es gefährlich für dich diese Kapelle niederzubrennen. Sie ist ein geweihter Raum und es kann gut sein, dass du ebenfalls in Flammen aufgehst, wenn du sie niederbrennst. Aber da weißt du ja selbst viel besser, denn nur deshalb hast du es bisher nicht gewagt. Ein heiliges Gebäude ganz in der Nähe deiner Behausung muss dir doch schon lange ein Dorn im Auge sein."

Er hatte anscheinend richtig gepokert, denn Satorios blieb erst einmal stumm. Er schien sich mit seinen Leuten zu beraten, wie sie weiter vorgehen konnten.

„Ob das was bringt bei diesen tumben Höllengestalten", murmelte Dante amüsiert. Doch er beobachtete dabei weiter ganz genau jede Bewegung draußen. Es war eine bizarre Situation, sie konnten nicht aus der Kapelle heraus und ihre Gegner nicht hinein. Wäre unsere Lage nicht so ernst, so könnte man darüber lachen, dachte er bei sich.

Auch Jonah dachte offensichtlich über ihre Situation nach, er meldete sich jetzt zu Wort. „Wir müssen etwas tun", sagte er mit fester Stimme an Dante gewandt. „ Du und Morgana besser gesagt. Ihr solltet versuchen die Kapelle zu verlassen und nach Hause zu fliegen um Hilfe zu organisieren. Isabella und ich sind hier erst einmal in Sicherheit."

„Und wenn er einen Menschen holen lässt, den er hier herein schickt? Es gibt bestimmt einige Menschen die ihm was schulden und bereit sind für ihn zu töten. Gegen eine Kugel bis du nicht immun, zumindest nicht in deinem momentanen geschwächten Zustand. Dann ist es eine Kleinigkeit für Satorios sich Isabella zu schnappen", gab Dante zu bedenken. „Nein. Ich bleibe lieber hier bei euch."

„Ich werde alleine fliegen" entschied Morgana. „Wenn ihr mir sagt, wie ich ungeschoren hier herauskomme. Der Weg durch den Mauerdurchbruch kommt wohl nicht in Frage, da erwartet mich vielleicht eine von Satorios Kreaturen."

„Du verlässt die Kapelle einfach durch die Tür" schlug Dante vor. „Entfalte schon deine Flügel, dann geh ich vor dir aus der Tür. Diese Kerle trauen sich zu unserem Glück nicht allzu nahe an die Kapelle heran. Du gehst hinter mir aus der Tür und fliegst sofort hoch hinauf. Bis jemand von denen merkt was los ist, bist du schon außer Sicht."

„Gut, so machen wir das" meinte Morgana nüchtern und begann ihre Flügel zu lockern. Ohne weitere Worte gingen die beiden Engel zur Tür. Bevor er öffnete drehte sich Dante nochmal zu Morgana um und nahm sie ihn die Arme. „Pass auf dich auf", murmelte er eindringlich und küsste sie auf den Mund. Sie erwiderte den Kuss und nickte dann.

Gemeinsam traten sie durch die Tür, Dante schützte dabei mit seiner großen Statur Morgana vor den Blicken der Monster. Sie wollte gerade hinter ihm steil in den Himmel aufsteigen, da hielt er sie zurück. „Warte, da stimmt etwas nicht." Er starrte zu dem Weg hin und Morgana folgte seinem Blick.

Von dort kamen mehrere Dämonen hergelaufen, die alle die verschiedensten Waffen mit sich trugen. Einige schwenkten Schwerter oder altmodische Eisenspieße, einer schwang sogar einen Morgenstern an einer rostigen Kette. Doch diese Waffen waren keine Bedrohung für die Engel. Wohl aber die Maschinengewehre, die von vier Dämonen im Anschlag gehalten wurden.

Die Vier führten die Schar gemeinsam mit Satorios an, der als einziger keine Waffe trug. Er blieb stehen als er Dante sah und gab seiner Horde ein Zeichen, ebenfalls zu stoppen.

„Isabella komm heraus oder du wirst mit den anderen von Kugeln durchsiebt werden", schrie er so laut, dass man ihn auch in der Kapelle gut hören konnte. „Ich garantiere dir dein Leben zu schonen, wenn du jetzt herauskommst."

In der Kapelle löste sich Isabella energisch von Jonah, der sie nicht loslassen wollte.

„Bleib hier", mahnte er eindringlich. „Du kannst ihm keinen Glauben schenken. Er hat dich dein ganzes Leben lang belogen."

„Ich werde nicht zu ihm gehen", gab sie zurück und schaute ihm in die Augen. Ich will ihm nur etwas sagen. Also bitte lass mich los."

Widerstrebend ließ er sie los und sah ihr nach, als sie zur Tür ging. Dann ging er ihr langsam nach und stellte sich hinter sie. Auch Morgana und Dante standen noch dort, sie ließen Isabella auf deren Bitte vorbei. Sie trat nach draußen und sah der Horde Dämonen äußerlich furchtlos entgegen. Nur die hinter ihr stehenden Engel sahen wie sie zitterte. Ekel stand in Isabellas Zügen als sie zum ersten Mal bewusst wahrnahm, welch ein höllisches Scheusal der Mann in Wahrheit war, den sie so lange als Vater betrachtet hatte. Satorios war in seiner menschlichen Gestalt ein stets gepflegter gut aussehender Mann gewesen. Ihn jetzt so zu sehen, mit seiner aufgequollenen Figur, der mit Poren, aus denen ein öliges Sekret lief, übersäten grauen Haut und den Reptilienaugen in einem Monsterschädel ging fast über ihre Kräfte. Doch sie holte tief Luft und rief ihm entgegen:

„Ich bin hier…" Sie stockte kurz weil sie ihn weder als Vater noch als Satorios anreden wollte und fuhr fort: „Was möchtest du von mir? Aber sage mir ein einziges Mal die Wahrheit und lüge mich nicht an, so wie du es über fünfundzwanzig Jahre getan hast."

Er starrte sie aus blutunterlaufenen Augen an und es schien als überlege er. Was er jedoch sagte klang unpersönlich und kalt: Komm her zu mir! Du gehörst mir, ich habe diese fünfundzwanzig Jahre darauf verschwendet, dich auf deine zukünftige Bestimmung vorzubereiten. Aber ausgerechnet jetzt, kurz vor Beginn der wichtigsten Phase, kommen diese Engel daher und versuchen alles zunichte zu machen. Aber das lasse ich nicht zu, zu viel hängt davon ab dass alles so läuft wie es mit Satan vereinbart war. Er hat mir grenzenlose Macht und unermesslichen Reichtum versprochen, wenn ich ihm einen hochgestellten Engel bringe, mit dem er den zukünftigen Herrscher von Himmel und Hölle zeugen kann."

Er kam noch einige Schritte näher, so dass Isabella und die anderen Engel die rote Glut des Irrsinns in seinen Augen erkennen konnten. Schaumiger Sabber troff von seinen Mundwinkeln, als er weiter geiferte: „Weißt du wie viele Engelnovizinnen ich aus dem Himmel entführen ließ um sie auf diese Bestimmung vorzubereiten. Aber keine war bereit sich Satan zu unterwerfen. Selbst alle Qualen der Hölle ließen sie über sich ergehen, bevor sie im Feuer verglühten. Als wir dich entführten wollten wir deshalb alles anders machen. Wir ließen dich von einer Hexe, die schon seit ewigen Zeiten in Satans Diensten steht und für ihn schon manchen bösen Zauber getätigt hat, in ein Baby verwandeln, damit wir dich ganz in unserem Sinne prägen konnten. Wir haben dich so weit als möglich von der Welt abgeschottet, haben deine Erziehung meiner Haushälterin übertragen, die dich in unserem Sinne großzog. Es kostete mich

Unsummen ein Internat zu finden, das weit entfernt von allem Weltlichen lag und Religion war natürlich verboten. Als du älter wurdest musste ich dafür sorgen, dass du keine sexuellen Erfahrungen machst, denn schließlich braucht Satan eine jungfräuliche Braut. Deshalb ließ ich jeden Kerl verprügeln, der dir schöne Augen machte. Nachdem du die Schule abgeschlossen hast und unbedingt einen Beruf ergreifen wolltest, habe ich dir einen angeblichen tollen Job in Aussicht gestellt, den es natürlich nicht gibt. Für was zur Hölle sollte es gut sein für irgendwelche Tiere zu forschen. Das ist reine Zeit- und Geldverschwendung. Immerhin konnte ich dich so dazu bringen mein Büro zu verwalten, so hatte ich dich wenigstens unter Kontrolle. Alles lief endlich gut und ich wollte eigentlich damit beginnen dich auf deine endgültige Bestimmung vorzubereiten, da kam dieser... Engel und machte um ein Haar alle meine Pläne zunichte. Aber nun hat sich das Blatt noch einmal gewendet und ich werde dich ab jetzt nicht mehr aus den Augen lassen, bis du mit Satan vermählt bist. Dann habe ich meine Aufgabe endlich erfüllt. Und jetzt komm endlich her zu mir!"

Isabella hatte sich während Satorios langer Rede nicht gerührt und auch den Blick nicht von ihm abgewendet. In ihren Augen stand unendliche Trauer. Doch als er sie erneut barsch aufforderte zu ihm zu kommen, erwachte sie aus ihrer Erstarrung. Wut der Enttäuschung kroch in ihr hoch. Sie machte ein paar

Schritte auf ihn zu, doch nur um ihm ihre Meinung nicht entgegenschreien zu müssen. In ganz ruhigem Ton sagte sie:

„Nein, du hast deine Aufgabe nicht erfüllt und wirst es nie tun. Zumindest was mich betrifft. Denn ich entspreche nicht den Anforderungen deines höllischen Freundes. Nicht mehr. Und du selbst hast es mir ermöglicht." Sie hielt inne und schaute ihn triumphierend an.

„Was willst du damit sagen? Entsprichst nicht mehr den Anforderungen. Ich habe dich in letzter Zeit nicht mehr aus den Augen gelassen. Besonders als du diesen… Engel" er deutete auf Jonah der reglos vor der Kapelle stand und seine Stimme troff vor Hohn „kennengelernt hast, ließ ich euch ständig bewachen. Er ist dir nicht zu nahe gekommen, das hätten meine Leute verhindert. Warum also solltest du für Satan plötzlich nicht mehr gut genug sein?"

„Du selbst hat deine Dämonen angewiesen mich in das steinerne Gefängnis zu werfen. Das haben sie auch getan. Doch in diesem Gefängnis war schon Jonah. Und da er mir längst erzählt hatte was du und dein höllischer Freund mit mir vorhabt, gab es für uns beide nur eine Möglichkeit das zu verhindern. Wir haben uns geliebt und nicht nur einmal. Und sollte ich tatsächlich ein Baby bekommen, so wird es ein Kind des Himmels werden und niemals ein Kind der Hölle."

Satorios starrte sie zuerst entgeistert an, dann verwandelte sich sein Gesicht in eine Fratze der Wut.

„Wenn das so ist dann bist du tatsächlich wertlos für mich. Aber du wirst nie ein Kind des Himmels austragen, dafür kann ich noch sorgen. Geh zurück zu deinen Freunden, denn du wirst jetzt auf der Stelle mit ihnen sterben."

Er wandte sich an seine Dämonen, die unbeweglich hinter ihm standen. „Erschießt sie" befahl er kalt. „Alle vier."

Isabella eilte zu Jonah zurück und warf sich in seine Arme. Er sah auf sie herunter.

„Tut mir Leid dass es so endet", murmelte er traurig und küsste sie rasch.

Dante nahm Morgana ebenfalls in die Arme und Barnabas drängelte sich an die Beine der Beiden. Als überlaut das Knacken der Waffen in ihre Ohren drang, sahen sich die Engel nicht um. Sie erwarteten gleich von Kugeln durchsiebt zu werden, doch nichts dergleichen geschah. Stattdessen hörten sie ein helles Sirren und als sie sich umdrehten stand Satorios alleine da. Seine Dämonen lagen tot auf dem Boden, jedem ragte ein goldener Himmelspfeil aus der Brust. Vor Satorios entstand plötzlich ein Wirbel aus strahlenden Farben und ehe er wusste wie ihm geschah stand ein riesenhafter Engel vor ihm, der ihn um einiges überragte. Der Engel hielt ein goldenes Schwert in der Hand, dessen Spitze er jetzt leicht an die Brust des Höllendämons drückte. Satorios stieß einen Schrei aus und von seiner verbrannten Haut stieg ein grünlicher Rauchfaden auf.

„Ich bin Erzengel Michael, sicher kennst du mich noch Gregory" sagte der riesige Engel ohne sein Schwert zurückzuziehen.

Satorios versuchte den brennenden Schmerz zu ignorieren, den die Schwertspitze verursachte und schwieg mit zusammengebissenen Zähnen.

„Es sind schon einige tausend Jahre her dass ich dich des Himmels verwiesen hatte. Du warst schon immer ein Rebell und unzufrieden mit deinem Stand in unserer Hierarchie. Fühltest dich zu noch Höherem berufen, obwohl du bereits in den himmlischen Rat gewählt worden warst. Was hat dir Satan versprochen, dass du für ihn alles aufgegeben hast?"

„Bist du gekommen um mit mir ein Schwätzchen über die Vor- und Nachteile von Himmel und Hölle zu halten, Michael?" fragte Satorios gehässig dagegen. „Oder um mich umzubringen? Nur zu, stoße mir dein Schwert in die Brust. Ich kann mich nicht wehren, da ich unbewaffnet bin. Meine Leute sind tot, ich bin dir ganz ausgeliefert."

Trotz seines forschen Tons stand Angst in den Augen des mächtigen Dämons. Angst vor dem Tod.

Doch Michael sah ihn ungerührt an.

„Ja, du bist mir ausgeliefert, so wie unzählige deiner Opfer dir ausgeliefert waren. Haben dich ihre Tränen, ihr Flehen gerührt, dich gar dazu gebracht sie zu verschonen? Nein, das hat es nicht, du hast sie niedergemetzelt ohne je Erbarmen zu zeigen. Warum also soll ich mit dir Erbarmen haben? Also knie nieder und stirb wie ein Engel oder wie ein Teufel, das überlasse ich dir."

Unter dem zwingenden Blick des Erzengels sank Satorios tatsächlich in die Knie und senkte sein Haupt. Michael hob sein Schwert an, da meldete sich Jonah zu Wort:

„Nein!" rief er laut und lief auf die beiden zu. Neben dem Erzengel blieb er stehen und sah ihn an. „Nein, Michael, überlasst ihn mir. Ich habe noch eine alte Rechnung mit ihm zu begleichen…"

„Ach, der Engel ohne Flügel möchte seine Schmach dadurch auslöschen dass er mich absticht wie ein Stück Vieh", höhnte Satorios.

Jonah würdigte ihn keines Blickes, er sah Michael ernst an, dessen Augen genauso ernst auf ihm ruhten.

„Tut mir Leid, mein Freund, aber du bist in deinem momentanen Zustand nicht in der Lage, diesen entscheidenden Kampf zu führen. Gregory hat dem Himmel schon zu lange empfindlichen Schaden zugefügt und zu viele Engel mussten wegen ihm grausam sterben. Er hat einen fairen Kampf nicht verdient und es ist allein meine Aufgabe, Kreaturen wie ihn zu eliminieren."

„Er hat mir meine Flügel geraubt aber nicht meine Kraft. Dieses Mal kann er nicht mit unfairen Mitteln kämpfen wie bei unserem letzten Kampf. Zudem kämpfe ich nicht nur für meine Ehre sondern ebenso für die Ehre diese Engelsfrau, die er belogen und betrogen hat, in der Absicht, sie Satan als Braut zuzuführen. Ich habe ein Recht drauf ihn zu töten."

Der Erzengel sah ihn lange an, dann nickte er zustimmend.

„Also gut, dann kämpfe mit ihm, obwohl er dessen nicht würdig ist. Aber es muss ein gerechtes Verhältnis zwischen euren Kräften herrschen. Du willst mir sagen du bist nicht angeschlagen, doch ich sehe es dir an. Er würde deine Schwäche gnadenlos ausnutzen. Deshalb bestehe ich darauf dass du dich Raphael anvertraust, er wird dir deine Körperkraft und deine Flügel zurückgeben."

„Raphael ist auch hier?" fragte Jonah erfreut und schaute sich um.

Wie schon bei Michaels Erscheinen entstand ein kurzer Wirbel von Farben und Erzengel Raphael stand vor ihnen. Er musterte voller Abscheu den Dämon und wandte sich dann Jonah zu.

„Ich höre, du brauchst meine Hilfe?" Voller Mitgefühl sah er Jonah an. „Oh, man hat dir deine Schwingen abgehackt. Das dauert etwas, die zu erneuern."

„Dann verlege es auf später. Wichtig ist jetzt nur, dass ich meine gewohnte Kraft zurückerhalte, so dass ich mich dem Kampf gegen diesen Dämon stellen kann."

„Ja, lass dir von Raphael besonders große Kräfte verpassen, damit du erst gar nicht in Gefahr gerätst, von mir besiegt zu werden", geiferte Satorios wütend.

„Das nennst du einen fairen Kampf? Da lache ich. Erinnerst du dich nicht mehr an unser letztes Duell. Das hast du nur mit Mühe überlebt."

„Weil du mir dieses Kind in den Weg geschickt hast. Du wusstest, ich würde niemals einen Unschuldigen und schon gar kein Kind opfern, um dir den Todesstoß zu versetzen. Sprich also nicht von Unfairness."

Jonah sprach ganz ruhig und wandte sich dann wieder Raphael zu. „Ich bin bereit."

Der Erzengel nickte und Jonah sank vor ihm auf die Knie. Raphael legte ihm die Hände auf die Schultern. Die Umstehenden sahen einen feinen smaragdgrünen Nebel zwischen seinen Händen aufsteigen, der Jonah von Kopf bis Fuß einhüllte.

Jonah atmete die heilende Energie des Nebels tief ein und spürte wie sie seinen ganzen Körper durchströmte. Die quälenden Schmerzen schwanden und seine Kraft kehrte zurück. Er hob den Kopf und schaute in Raphaels Gesicht. Der lächelte und seine grünen Augen blickten voller Wohlwollen.

„Deine Flügel bekommst du dann nach dem Kampf zurück. Schlage dich tapfer, ich werde mich derweil um deine Isabella kümmern. Sie trägt dein Kind, deshalb ist es wichtig, dass du den Kampf zu deinen Gunsten entscheidest."

Jonah starrte ihn verwirrt an. „Mein Kind? Woher willst du das wissen, es ist erst ein paar Tage her…"

Raphael lachte gutmütig. „Es gehört zu meinem Job, so etwas zu wissen. Aber konzentriere dich jetzt auf den Kampf, alles Weitere bereden wir später."

„Du wirst es leider nicht mehr kennenlernen, dein himmlisches Balg, denn du wirst den Kampf verlieren" erklang Satorios gehässige Stimme hinter ihm und Jonah drehte sich um. Er hatte den Dämon fast vergessen, der immer noch von Michaels Schwert gebannt, auf seinem Platz verharrte. Ölige Tropfen liefen seinen Körper herab und verrieten seine Nervosität. Er versuchte sie durch böse Worte zu vertuschen.

Jonah ging nicht darauf ein, er schaute ihn ungerührt an und fragte:

„Möchtest du vor unserem Kampf noch etwas sagen, Gregory? Vielleicht solltest du zuvor deine Gestalt wechseln, in diesem unbeholfenen Körper bist du kein vollwertiger Gegner für mich."

„Sprichst ganz schön großspurig, Engel. Bist dir deiner Sache ganz sicher, he. Aber freu dich nicht zu früh, ich bin dir in jeder Gestalt überlegen."

Er wandte sich an Erzengel Michael, dessen Schwert noch immer unbeirrt in seine Haut stach.

„Was passiert mit mir wenn ich gewinne? Werde ich dann von dir erledigt?"

Er sprach als wäre es ihm gleichgültig, doch seine Augen zuckten nervös. Kein Zweifel, Satorios hatte Angst vor dem Tod, denn auch für ihn gäbe es im Falle einer Niederlage keine Chance wiedergeboren zu werden.

Michael grinste ihn kalt an. „Du wirst nicht gewinnen, denn diesmal kannst du keine miesen Tricks anwenden. Doch um deine utopische Fantasie weiterzuspinnen, solltest du tatsächlich als Sieger aus dem Kampf hervorgehen, so gewähre ich dir eine Stunde.

Danach werde ich dich jagen. Und glaube mir, selbst wenn du dich in der tiefsten Hölle versteckst, ich werde dich aufspüren."

Der Dämon starrte ihn einen Moment an, dann meinte er mühsam gefasst: „Vielleicht sollte ich doch meine menschliche Gestalt wählen. Dazu muss ich allerdings mein Haus aufsuchen."

„Ich begleite dich natürlich. Nicht dass dir auf dem Weg noch etwas passiert. Also los, gehen wir."

# Kapitel 20: Die Entscheidung

Jonah schaute den Beiden hinterher, bis sie hinter der Wegbiegung verschwanden. Es war ihm ganz Recht dass Satorios zum Kampf seinen menschlichen Körper annahm. Als Himmelswesen mit Sinn für Ästhetik wäre es ihm zuwider gewesen gegen einen nackten aufgedunsenen Dämon zu kämpfen. In seinem unendlichen Leben hatte er unzählige Dämonen bekämpft und getötet, das Gefühl von Ekel blieb immer gleich. Er verabscheute das Geräusch und den Anblick, wenn sein Schwert durch die talgige Haut und schwabbeliges Gewebe stieß.

Unruhig lief er hin und her. Er brannte auf den Kampf, auf die Revanche, die er so lange herbeigesehnt hatte. Dieses Mal konnte Satorios keinen miesen Trick anwenden, dafür würde Michael schon sorgen.

Der Erzengel hatte Jonahs Forderung den Kampf zu bestreiten nur nachgegeben, weil er ihm zutraute dass er Satorios besiegen konnte. Da der Dämon für das grauenhafte Schicksal so vieler Engel verantwortlich war, musste er für ewige Zeiten eliminiert werden. Es war eine hohe Auszeichnung Michaels und eine Anerkennung seiner kämpferischen Fähigkeiten, dass er Satorios Jonah überließ anstatt ihn selbst zu töten.

Satorios brauchte lange um seinen Körper umzuwandeln. Aber vermutlich hatte Michael die Gelegenheit beim Schopf gepackt um den Dämon noch ein wenig auszuquetschen. Es gab ja viele offene Fragen, die nur Satorios oder Satan persönlich beantworten konnten.

Dann endlich kamen sie wieder den Hügel herauf. In seiner menschlichen Gestalt war der hässliche Dämon nicht wiederzuerkennen, doch Jonah konnte sich noch bestens an ihn erinnern. Genauso war er ihm bei ihrem letzten Kampf gegenübergetreten, als gutaussehender Mann und in teuren Klamotten. Nun, fiel ihm ein, so gut sahen die damals nicht mehr aus, denn er hatte Gregory schon mehrmals mit seinem Schwert getroffen und ihn empfindlich verletzt. Er selbst hatte allerdings auch nicht besser ausgesehen, sie hatten sich gegenseitig nichts geschenkt. Trotzdem, hätte ihm Satorios damals nicht das kleine Mädchen in den Weg geschickt, er hätte ihn besiegt. Und diesmal würde er ihn töten.

„Bist du bereit, Jonah?" fragte ihn Michael. Das Schwert in seiner Hand deutete immer noch auf den Dämon, er gab ihm keine Chance weder zu einem niederträchtigen Trick, noch zur Flucht.

„Als du deiner Flügel beraubt wurdest ist auch dein Schwert abhandengekommen habe ich gehört. Deshalb gebe ich dir meines. Wenn du damit deinen Auftrag erledigt hast, gibst du es mir zurück." Er hielt ihm das Schwert hin und Jonah schaute es ehrfürchtig an, ehe er zögernd danach griff.

„Hey, das soll ein fairer Kampf werden? Wenn du ihm dein berühmtes Schwert gibst" beschwerte sich Satorios sofort.

„Ich denke nicht dass du von Fairness reden sollst, du, der alle unfairen Tricks beherrscht. Außerdem ist es nur ein Schwert, wichtig ist allein die Hand die es führt" beschied ihm Michael streng. „Sei dankbar, dass dir Jonah diesen Kampf gewährt. Von mir hättest du diese Gnade nicht bekommen, ich hätte dich ohne Kampf getötet."

Satorios blickte ihn feindselig an, wagte aber nicht mehr zu widersprechen. Er wusste, dass er gegen den Erzengel keine Chance hatte.

„Ich nehme an du möchtest keine Zuschauer beim Kampf" wandte sich Michael an Jonah. „Deshalb werde ich dich jetzt allein lassen und zu den anderen in die Kapelle gehen. Bring mir mein Schwert dann dorthin."

Er drehte sich um und ging davon, ohne Jonah Glück zu wünschen. So als sei er felsenfest von dessen Sieg überzeugt.

„Vielleicht bring ich dir dein Schwert – und seinen Kopf dazu" geiferte ihm der Dämon wütend hinterher. „Auf seine Seele wirst du allerdings für immer verzichten müssen, die wird auf ewig in der Hölle schmoren."

Doch Michael ging einfach weiter ohne auf die Provokation zu hören.

„Mach schon, lass uns endlich anfangen" unterbrach Jonah seinen Gegner. „Ziehe dein Schwert, damit du dich nicht im Nachteil wähnst. Bist du bereit?"

Mit einem wütenden Schrei riss Satorios sein Schwert aus der Scheide und hieb sofort auf den

Engel ein. Doch Jonah war nicht überrascht von dem plötzlichen Angriff, er hob sein Schwert an und parierte den Angriff mit Leichtigkeit. Blitzschnell schlug er ebenfalls zu.

Sie waren beide uralte Kämpfer und jeder von ihnen hatte schon unzählige Kämpfe erfolgreich bestritten. Verbissen schlugen sie zu und parierten gleichzeitig die Schläge des anderen ab. Man hörte nur das Sirren der Schwerter durch die Luft und das helle Klirren, wenn sie aufeinander trafen. Jedes Mal wenn der himmlische und der höllische Stahl aufeinander schlugen gab es feurige Blitze.

Die beiden Kämpfer begannen zu keuchen, doch immer noch gelang es ihnen die Schläge des anderen abzuwehren.

„Das hast du dir wohl leichter vorgestellt, Engel" knurrte der Dämon gehässig. „Da nützt dir auch Michaels Schwert nichts."

Jonah gab ihm keine Antwort sondern nützte den winzigen Moment aus um zuzustechen. Seine Schwertspitze traf Satorios in den Bauch. Sofort stieß er nochmal nach und trieb die Waffe in dessen Eingeweide.

Der Dämon stieß einen unmenschlichen Schrei aus, aus seinem Leib quoll schwarzes Blut. Dennoch versuchte er sein Schwert in Jonahs Bauch zu rammen. Doch der reagierte blitzschnell, riss sein Schwert hoch und parierte den Schlag so vehement ab, dass es Satorios die Waffe aus der Hand schleuderte. In hohem Bogen flog sie durch die Luft und landete mit der Spitze im Boden wo sie zitternd stecken blieb.

Der Dämon starrte hinterher, sein Gesicht war von Schmerz verzerrt. Ihm dämmerte langsam dass er den Kampf verloren hatte und er blickte an sich herunter. Sein Blut quoll dick und schwarz aus der Bauchwunde und tropfte in den Staub unter seinen Füßen. Doch er wollte nicht aufgeben und versuchte, mit einem Sprung an sein Schwert zu gelangen. Aber der bohrende Schmerz in seinen Eingeweiden ließ ihn aufheulend zu Boden stürzen. Mit ausgebreiteten Armen lag er auf dem Rücken.

Jonah trat neben ihn und sah ohne Mitleid auf ihn herab. Er wusste dass Satorios tödlich verwundet war.

„Hast du noch irgendetwas zu sagen, Gregory? Vielleicht möchtest du dich im Angesicht des Todes ja für all die Schandtaten entschuldigen, die du begangen hast." Es war mehr eine rhetorische Frage, denn die Antwort ahnte er schon.

„Fahr zur Hölle, Engel" fauchte der Dämon ihn an. Er musste husten und plötzlich lief Blut aus seinem Mund. Seine Worte kamen stockend, aber der Hass verlieh ihm letzte Kräfte: „Mach schon und bring es zu Ende. Oder willst du zusehen wie ich langsam krepiere?"

„Es würde mir nichts ausmachen, aber ich muss es auch nicht haben", erwiderte Jonah in gleichgültigem Ton. „Ich will aber vor allem meine Zeit nicht damit verschwenden dir beim Sterben zuzusehen. Deshalb mach dich bereit."

Er hob sein Schwert an und ließ es in einem kreisenden Bogen nach unten sausen. Es traf den Hals des Dämons und trennte seinen Kopf vom Körper. Er rollte durch die Wucht des Schlages ein Stück zur Seite. Ein wenig schwarzes Blut lief aus der Schnittstelle und versickerte im Erdreich.

Gebannt starrte Jonah auf den toten Körper des Dämons, der sich zu verändern begann. Er verwandelte sich in das Monster zurück, das er gewesen war. Aber auch in diesem Zustand blieb er nicht lange, sondern begann langsam in sich zusammenzufallen. Schwarze Rauchfahnen stiegen auf, die widerlich stanken und plötzlich brannte der Leichnam lichterloh. Erst als nur noch ein Häufchen Asche übrig war erlosch die Flamme. Aus dem Nichts kam ein starker Wind auf und fuhr in die Asche, zerstäubte sie in winzige Partikel und verteilte sie über das Waldstück. Von Satorios blieb nichts übrig.

Jonah atmete tief durch und machte sich auf den Weg zur Kapelle, wo er schon sehnsüchtig erwartet wurde. Die Tür flog auf und Isabella kam ihm entgegen gerannt. Barnabas folgte ihr eilig, die Anderen kamen etwas langsamer hinter ihnen her.

Jonah hielt lachend dem Ansturm des Hundes stand und nahm dann Isabella in die Arme und küsste sie innig. Erst als ihm jemand auf die Schulter klopfte ließ er von ihr ab, hielt sie aber weiterhin im Arm.

Es war Erzengel Michael, der ihn anerkennend an-
grinste. „Meinen Glückwunsch zum Sieg gegen das
Böse. Du hast die Welt von einem der schlimmsten
Komplizen Satans befreit. Auch der Himmel dankt
dir dafür, du weißt selbst, wie viele Engelnovizen
dieser Dämon einem grausamen Schicksal ausgeliefert hat."

„Danke für euer Schwert, es hat mir gute Dienste
erwiesen" meinte Jonah und gab Michael die Waffe
zurück. Dann fragte er: „Was wird nun weiter geschehen?"

Erzengel Raphael beantwortete seine Frage: „Zuerst
wirst du deine Flügel zurückbekommen. Dazu müssen wir nochmals zur Kapelle zurück."

„Geht ihr nur, ich habe noch etwas zu erledigen und
komme später nach."

Michael nickte ihnen ernst zu und entfernte sich dann
in Richtung von Satorios' Haus. Er würde alle Höl-
leneingänge versiegeln, so dass zukünftig niemand
aus Satans Reich mehr von dort in die Welt kommen
konnte. Wie er das anstellte würde jedoch sein Geheimnis bleiben.

Die anderen folgten Raphael ins Innere der Kapelle.
Dort wandte er sich an Jonah und Isabella.

„Ich werde euch Beiden Flügel geben" entschied er.
„Eigentlich bekämst du, Isabella, deine erst nach
deinem menschlichen Tod. Doch in eurem Fall
scheint es mir besser, wenn ich dir schon jetzt welche
gebe."

Er wandte sich Morgana zu und bat sie: „Würdest du

bitte ihre Kleidung am Rücken aufschneiden. Du kennst dich damit besser aus als ich."

Morgana nickte lächelnd und nahm Isabella mit sich hinter den Altar, wo sie ihr in ihr Sweet Shirt zwei Schlitze schnitt.

„Wenn wir erst zu Hause sind, werde ich dir deine Sachen gerne umändern. Das mache ich schon seit Jahrhunderten bei unserer Kleidung."

Auf Isabellas verwirrten Blick meinte sie beruhigend: „Keine Sorge, wir werden dich daheim ganz in Ruhe über dein künftiges Leben als Menschenengel aufklären. Es ist nicht so verzwickt wie es sich jetzt anhört. So, schon fertig. Es kann losgehen."

Raphael sah ihnen lächelnd entgegen und fragte Isabella ob sie bereit sei. Sie nickte ein wenig unsicher und schaute hilfesuchend zu Jonah hin. Er lächelte ihr beruhigend zu.

Es war keinesfalls die spektakuläre Inszenierung, die sie sich vorgestellt hatte. Der Erzengel trat hinter sie und breitete seinen Umhang über ihre Schultern. Sie wunderte sich ein bisschen, denn sie hatte zuvor keinen Umhang an ihm gesehen. Er bestand aus wundervoll leichtem Stoff von smaragdgrüner Farbe. Sie verspürte darunter ein ungeahntes Wohlgefühl und Glück.

Isabella hörte Raphaels leise wohltönende Stimme, die in einer ihr unbekannten Sprache erklang. Seine Worte verstärkten das Glücksgefühl in ihr noch mehr und schienen sie in eine andere Dimension zu entführen. Sie nahm überirdisch schöne Farben war und

Musik erklang in ihren Ohren, wie sie sie lieblicher noch nie gehört hatte. Sie meinte zu schweben und öffnete die Augen.

Sie schwebte tatsächlich und um sie herum war nur… Ja, was eigentlich? Spontan kam es ihr in den Sinn, im Himmel zu sein, eine tief in ihrem Inneren verborgene Erinnerung blitzte auf. Das war der Himmel, er war einmal ihre Heimat gewesen. Sie war ein Engel und sie konnte fliegen.

Als sie über ihre Schulter blickte sah sie wunderschöne weiße Schwingen, durchsetzt von vielen kleinen rotgoldenen Federn, die im Himmelslicht zu leuchten schienen. Sie bewegten sich ohne ihr Zutun in langsamem Rhythmus. Sie flog.

Wie lange der Flug dauerte konnte sie nicht sagen, er schien endlos – und doch viel zu kurz. Isabella schloss die Lider und als sie diese wieder öffnete sah sie in die unglaublich grünen Augen von Erzengel Raphael. Er lächelte.

„Du hast jetzt deine Flügel, Isabella, sie werden dich fortan dorthin tragen wohin immer du möchtest."

Er umarmte sie nochmals und seine Lippen berührten ihre Stirn. Dann ließ er sie los und wandte sich Jonah zu.

„Jetzt zu dir mein Freund. Du hast dir deine neuen Flügel redlich verdient." Er streckte eine Hand nach ihm aus und Jonah trat an seine Seite. Raphael trat einen Schritt hinter ihn und schaute sich die kläglichen Reste seiner einstmals so wunderschönen

Flügel an. Auf den Stümpfen hatte sich dicker Schorf gebildet.

Der mächtige Engel legte leicht seine Hände auf die verkrusteten Stümpfe. Smaragdgrünes Licht entströmte seinen Handflächen und umhüllten die Reste von Jonahs Flügeln. Der Schorf löste sich auf und die Stümpfe begannen langsam zu wachsen.

Jonah sank auf die Knie und musste sich mit den Händen auf dem Steinboden abstützen. Seinen Kopf hielt er gesenkt, denn die Rekonstruktion seiner Flügel kostete ihn sehr viel Kraft.

Wie von weitem hörte er Raphaels Stimme, die bedauernd zu ihm sprach: „Es tut mir Leid dass ich dir das nicht ersparen kann. Doch deine Flügel müssen sich aus deinem Körper heraus erneuern, das kostet dich sehr viel Kraft. Aber die kann ich dir erst zurückgeben sobald du wieder komplett bist. Hast du große Schmerzen?"

Jonah nickte kurz, es war ihm unmöglich zu sprechen. Seine Zähne knirschten leise weil er sie zusammenpresste. Am liebsten hätte er seinen Schmerz und seine Schwäche herausgeschrien doch selbst dazu fühlte er sich zu elend. Zum ersten Mal seit er auf der Erde war, wünschte er sich seinen himmlischen Ätherkörper zurück, der weder Schmerz noch Schwäche kannte. Doch schnell verwarf er den Gedanken wieder. In kurzer Zeit würde er seine Flügel wieder zurückhaben und Raphael würde ihn heilen.

Der Schmerz in seinem Körper wurde langsam geringer und verebbte schließlich ganz. Er richtete sich auf und schaute in Raphaels lächelndes Gesicht. Die unglaublich grünen Augen musterten ihn intensiv und Jonah meinte, dass allein dieser Blick schon heilend wirkte.

„Jetzt hast du es gleich geschafft. Was jetzt noch zu tun ist, ist mein Part, du kannst dich entspannen."

Er trat hinter ihn und legte seine Hände auf Jonahs Schultern. Wie durch Zauberei erschien smaragdgrüner Nebel und legte sich wie ein zarter Umhang um sie beide. Wieder begann Raphael in jener uralten Sprache zu beten, die nicht einmal Jonah kannte. Dennoch lauschte er ergriffen den unbekannten Lauten.

„So, nun ist es geschafft, du bist wieder ein vollwertiger Menschenengel." Raphael sah ihn auffordernd an: „Nun spann sie schon aus, deine neuen Flügel. Wir möchten sie alle sehen."

Das wollte Jonah auch und er spannte zuerst ein wenig zaghaft die Schultern. Als er jedoch das vertraute Gefühl spürte, kannte er kein Halten mehr. Mit leisem Rascheln entfalteten sich seine Flügel zu voller Länge. Als er spürte, dass sie links und rechts an die Wände der Kapelle stießen, zog er sie leicht wieder ein.

Ein anerkennendes Raunen brachte ihn dazu, über seine Schultern zu schauen. Seine neuen Flügel waren prächtiger den je, stellte er staunend fest. Doch er kam nicht dazu sie eingehender zu betrachten.

„Wo wir schon alle so gemütlich in dieser kleinen Kapelle versammelt sind wäre es doch schön, wenn wir diesen Moment mit einem Ritual feiern würden" erklang es von der Tür her. Michael trat ein und sah lächelnd von einem zum anderen. Da niemand etwas erwiderte, erklärte er:

„Nun, wir haben hier ein Paar, dass in nicht allzu ferner Zeit ein Menschenkind bekommen wird. Da nehme ich doch an dieses Kind soll unter dem Segen Gottes geboren werden. Deshalb frage ich dich Menschenengel Isabella und dich Menschenengel Jonah, wollt ihr diesen Segen erhalten?"

Jonah war nur einen winzigen Moment verwirrt. Dann begann er zu strahlen. Er nahm Isabella, die ihm ebenso strahlend entgegen kam, in die Arme und küsste sie.

„Ich nehme das als positive Antwort auf meine Frage" meinte Michael lächelnd und wandte sich um. Sein Gesicht verfinsterte sich.

„Dann haben wir noch ein weiteres Paar, das schon seit Jahrhunderten in Sünde zusammenlebt."

Sein Blick blieb auf Morgana und Dante hängen, die beide erblassten. Wie schützend nahm Dante Morgana in den Arm und schaute Michael trotzig an. Barnabas, der dösend in einer Ecke lag, sprang alarmiert auf und stellte sich neben sie. Ein leises Grollen ertönte aus seiner Kehle. Doch sein Schwanz wedelte als er Michael ansah. Der Erzengel begann zu lachen und ging zu ihm hin um ihm den Kopf zu tätscheln.

„Ach Barney, du bist ein wahrer Schatz."

Dann wandte er sich erneut Morgana und Dante zu. Bedauernd meinte er: „Nun, es war meine Schuld, dass ihr ohne den Segen Gottes zur Erde geschickt wurdet. Auch, dass ihr für euer Vergehen eine viel zu harte Strafe bekommen habt. Das weiß ich jetzt und ich werde versuchen, meinen Fehler wieder gutzumachen. Doch das besprechen wir alles in Ruhe, wenn wir in eurem Heim sind. Jetzt frage ich euch: Wollt ihr ebenfalls den Segen Gottes erhalten?"

Morgana und Dante bejahten erfreut und auch erleichtert.

„Dann werde ich, als Gottes Stellvertreter, euch allen seinen Segen erteilen."

# Kapitel 21: Menschenengel

Nach der Trauung hatte es für die Engelwesen keinen Grund mehr gegeben, noch länger in der kleinen Kapelle zu verweilen und ziemlich bald waren alle bereit gewesen den Abflug zu wagen. Auch die beiden Erzengel kamen mit, es gab noch viel zu besprechen und dafür war das Heim von Morgana und Dante besser geeignet als die alte Kapelle. Und nicht nur Isabella, sie alle wollten diesen Ort so schnell als möglich verlassen. Zum letzten Mal verließen alle das kleine Kirchlein und draußen hob einer nach dem anderen einfach ab und flog davon.

Jonah wartete mit Isabella, bis alle anderen nur noch als kleine Punkte am Himmel zu sehen waren. Er wandte sich ihr zu. „Meinst du, du schaffst es" fragte er sie besorgt.

Sie sah ihm lächelnd ins Gesicht und fragte dagegen: „Wirst du mich sonst tragen?"

„Ich trage dich bis in den Himmel und wieder zurück" meint er ernst und wollte sie auf die Arme nehmen. Aber sie wehrte lachend ab.

„Nun, da ich diese prächtigen Flügel habe werde ich auch damit fliegen. Falls ich unterwegs müde werde kannst du mich immer noch tragen." Ohne seine Antwort abzuwarten spannte sie ihre Schwingen aus und erhob sich so anmutig in die Lüfte, als hätte sie ihr Leben lang nichts anderes getan.

Einen kurzen Moment starrte er ihr verblüfft hinterher, dann beeilte er sich ihr zu folgen.

Im Wohnzimmer herrschte eine gemütliche Stimmung, der alte Kamin verbreitete wohlige Wärme und jeder der Engel hatte es sich bequem gemacht.

Morgana hatte bei verschiedenen Lieferservices alle möglichen Speisen bestellt, so dass jeder essen konnte was er mochte. Die beiden Erzengel genossen die Freuden ihres kurzen Erdenaufenthalts sichtlich und griffen herzhaft zu. Die Unterhaltung war leicht. Erst als alle satt und entspannt waren kam man zum eigentlichen Thema ihrer Konferenz.

Zuerst klärten sie Isabella umfassend über alles auf was mit ihr geschehen war und an das sie sich nicht mehr erinnern konnte. Sie war betroffen als sie hörte, wie viele Engelnovizen vor ihr schon entführt und nie mehr aufgetaucht waren und sie weinte, als sie von deren schrecklichem Schicksal erfuhr. Gefasst erzählte sie aus ihrem Leben als Satorios Pflegetochter und gab sich selbst die Schuld, dass sie ihm so lange blind vertraut hatte. Was Jonah ihr natürlich sofort auszureden versuchte.

Danach berichtete Erzengel Michael ihnen was im Himmel dazu herausgefunden wurde. Es hatte sich herausgestellt dass es im himmlischen Rat ein paar Überläufer gab, die von Leonardo, einem der höchsten Räte für die Sache der Hölle rekrutiert worden waren. Er hatte ihnen allerlei Versprechungen gemacht und sie dadurch immer mehr dazu gebracht, die himmlischen Regeln zu unterwandern. Schließlich hatte einer der Verblendeten sich besonnen und sich Erzengel Michael anvertraut. Der hatte sofort

Konsequenzen gezogen und den himmlischen Rat komplett aufgelöst und über die Abtrünnigen Gericht gehalten. Sie wurden zu jeweils fünfhundert Jahren auf der Erde verurteilt, ihr Anführer Leonardo gab schließlich zu, dass er sich mit Satan verbündet hatte. Er war öfter heimlich zur Erde geflogen um sich mit Satorios zu treffen und hatte ihm verraten, wann der günstigste Zeitpunkt für einen Überfall war und wo die Engelsnovizen unterrichtet wurden. Dafür hatte ihm Satan versprochen dass er einen hohen Posten bekäme, wenn er durch seinen Sohn dereinst den Himmel erobern würde.

Durch sein umfassendes Geständnis hatte er sich Milde erhofft, doch Angesicht der vielen unschuldigen Novizen, die er einem grausamen Schicksal preisgegeben hatte, wurde ihm keine Gnade gewährt. Leonardo wurde zum Tode verurteilt und von Michael persönlich mit dem Schwert gerichtet. Danach wurde der himmlische Rat neu gewählt, dessen Räte würden aber Erzengel Michael als oberstem Rat unterstehen. So war fortan gewährleistet, dass keine Fehlurteile wie das gegen Morgana und Dante mehr vorkamen.

Jonah stand in seinem Zimmer in Dantes und Morganas Haus am Fenster und schaute in den Sonnenaufgang. Da gleißende Licht machte ihm noch nichts aus, doch das würde sich schnell ändern. Vieles würde sich für ihn ändern in der nächsten Zeit und auch die Zeit selbst würde fortan für ihn eine Rolle spielen. Er wusste nicht ob alles, was demnächst sein Leben ausmachte, ihm auch gefallen würde. Dennoch freute er sich darauf und sah ihrem gemeinsamen Erdendasein gespannt entgegen.

Hinter ihm seufzte Isabella leise im Schlaf, er drehte sich nach ihr um. Im zarten Licht des beginnenden Morgens sah sie wunderschön aus. Er starrte sie verzaubert an, konnte sich nicht sattsehen an ihrer engelhaften Schönheit.

Sie lag auf der Seite, den Kopf auf den angewinkelten Arm gelegt, ein Bein ruhte über der Zudecke, vom anderen lugte nur der schlanke Fuß darunter hervor. Ihr langes rotblondes Haar lag aufgefächert über ihrem Oberkörper ansonsten war sie nackt.

Bei dem verlockenden Anblick verspürte Jonah Lust in sich aufsteigen doch er bezähmte sich. Ihr menschlicher Körper brauchte dringend den erholsamen Schlaf. Er selbst war noch zu sehr Engel um müde zu sein, doch sein Körper würde sich bald verändern und ihn zu einem Menschenengel werden lassen. So wie Morgana und Dante es waren. Doch für ihn war die Umwandlung keine Strafe sondern ein Geschenk der beiden Erzengel, damit er mit Isabella ihr gemeinsames Kind aufziehen konnten.

Das Kind, das erst vor zwei Tagen gezeugt worden war, dessen Existenz Michael und Raphael jedoch schon spüren konnten. Es würde ein ganz normaler Menschensohn werden, naja, ein paar engelhafte Besonderheiten würde er bekommen, das hatte ihm

Raphael augenzwinkernd zugeflüstert. Und noch gemeint, dass er in ein zwei Jahren ein entzückendes kleines Mädchen sehen könne, das seiner Mutter wie aus dem Gesicht geschnitten sei.

Jonah lächelte bei dem Gedanken und malte sich aus, dass mit den Jahren vielleicht noch viel mehr kleine menschliche Engelchen ihr Leben bereichern würden.

Gemeinsam mit den Kindern von Morgana und Dante ergab das irgendwann sicher eine fröhliche kleine Schar.

Eigentlich hätten die Beiden ja endlich in ihre himmlische Heimat zurückkehren können, so wie es ihnen Michael versprochen hatte. Doch nachdem sie gehört hatten das Isabella und Jonah für ein Menschenleben auf der Erde blieben, hatten sie sich spontan entschlossen noch ein paar Jahrzehnte dranzuhängen und ebenfalls hierzubleiben. Und selbstverständlich hatte sich auch der treue Barney seinen Freunden angeschlossen.

Jonah riss sich vom Anblick der schlafenden Isabella los und setzte sich wieder in den Sessel am Fenster. Draußen begannen die ersten Vögel zu zwitschern, nur ab und zu unterbrochen vom Bellen eines Hundes oder dem Brummen eines Fahrzeugs.

Die vergangenen Ereignisse kamen Jonah wieder in den Sinn, er lehnte sich zurück und ließ sie nochmals Revue passieren.

Die Erinnerung an die schnelle Trauung durch Erzengel Michael entlockte ihm ein Grinsen. Ja, so kannte er den großen Himmelsfürsten, nicht lange fragen und immer schnell eine passende Lösung parat. Damit half er seit Jahrtausenden denen, die ihn um Hilfe baten.

Auch Satorios Haus hatte er ohne vorherige Pläne in kurzer Zeit zu einem Ort gemacht, für den sich kein Teufel und kein Dämon je wieder interessieren würde. Das Haus stand zwar noch immer an seinem angestammten Platz, doch war es jetzt eine zerfallende Ruine, die niemand mehr freiwillig betreten würde.

Die alte Haushälterin befand sich in einem Heim und wurde dort bestens betreut. Leider war sie zu verwirrt, als das jemand ihren gebrabbelten Verschwörungstheorien Glauben schenken würde.

Langsam wurde es im Haus lebendig, Barney bellte an der Tür, weil er raus wollte um zu kontrollieren ob alles in Ordnung war. Dante lief leise schimpfend die Treppe hinunter um ihm die Tür zu öffnen.

Jonah grinste in sich hinein und überlegte, ob Barney nicht auch endlich eine hündische Freundin verdient hätte. Er beschloss, in den nächsten Tagen mit Isabella und dem Hund ein Tierheim zu besuchen, damit sie gemeinsam eine junge Hündin aussuchten. Vielleicht würde es dann ja irgendwann einmal kleine Himmelhunde geben. Er lächelte bei dem Gedanken.

Hinter ihm bewegte sich Isabella und murmelte schlaftrunken seinen Namen. Er stand auf und ging zu ihr, legte sich neben sie unter die Decke, die sie für ihn anhob.

Er nahm sie in die Arme und küsste sie sanft auf den Mund. Isabella schlang die Arme um seinen Nacken und zog ihn enger zu sich. Bereitwillig gab er ihr nach und legte sich auf sie. Sie presste ihren Unterkörper gegen seinen und spreizte die Beine.

„Mein wunderschöner Engel", murmelte sie nah an seinem Mund. Er wollte etwas erwidern, doch es fiel ihm nichts ein. Deshalb küsste er sie voller Leidenschaft und drang in sie ein.

Später lagen sie erschöpft nebeneinander. Isabella hatte die Augen geschlossen, Jonah, auf einen Ellenbogen gestützt schaute auf sie nieder. Meine Frau mit den Engelaugen dachte er verliebt. Er wäre ohne Zögern für sie gestorben, doch der Himmel hatte ihm die große Gnade gewährt mit ihr leben zu dürfen.

Ende

Hat Ihnen dieser Roman gefallen?

Weitere Romane aus meiner Feder finden Sie unter www.gerdi-m-buettner.de